오두막과 소나무 한 그루

오두막과 소나무 한 그루

발행일　2023년 3월 2일

지은이　김선규
펴낸이　손형국
펴낸곳　(주)북랩
편집인　선일영　　　　　　　　　　　편집　정두철, 배진용, 윤용민, 김가람, 김부경
디자인　이현수, 김민하, 김영주, 안유경, 최성경　　제작　박기성, 황동현, 구성우, 배상진
마케팅　김회란, 박진관
출판등록　2004. 12. 1(제2012-000051호)
주소　서울특별시 금천구 가산디지털 1로 168, 우림라이온스밸리 B동 B113~114호, C동 B101호
홈페이지　www.book.co.kr
전화번호　(02)2026-5777　　　　　　　팩스　(02)2026-5747

ISBN　979-11-6836-740-1 03810 (종이책)　　　979-11-6836-741-8 05810 (전자책)

오두막과
소나무 한 그루

김선규 지음

북랩

●

정리(整理)할 때

이 책에 수록된 글들은 2018년 9월부터 2022년 10월까지 신문에 게재된 시론(時論)들이다. 시론의 사전적 의미는 '그때그때 일어나는 시사(時事)에 대한 평론(評論)이나 의론(議論)'이다. 따라서 매우 논리적이며 딱딱한 글이라는 선입견을 갖기에 충분하다.

그런데 다행스럽게도 내게 집필을 의뢰한 신문사들은 형식에 얽매이지 말고 편하게 써달라고 부탁했다. 이런 제안은 내가 시론 집필에 선뜻 응한 원인이기도 하지만, 다수의 시론들이 일상생활에서 느낀 생각이나 감상을 모티브(motive)로 한 대화체 형식인 이유이기도 하다.

오두막과 소나무 한 그루

애당초 시론이 4년 동안 이어질 줄 예상하지 못했다. 그저 서너 번 쓰다 말겠거니 했는데 의외로 오랫동안 계속되었다. 물론 일부는 신문사에서 마감일을 재촉하는 바람에 끌려가다시피 쓴 글도 있다. 그런데 그런 글들도 이제 와 다시 읽어보니 평소 내 생각과 크게 다르지 않아 신기했다.

글이라는 것이 단박에 생뚱맞게 써지는 것이 아니라, 평소 가졌던 생각들이 커밍아웃(coming-out)되는 게 아닌가 싶다. 결국 내가 쓴 시론들은 오랫동안 숙성되어온 생각과 소신들임이 분명하다. 그렇다면 시론들을 묶어 책으로 출간해도 도리(道里)에 크게 어긋나지 않아 보인다.

이제 교직생활도 정년(停年)이 코앞이다. 살다 보면 여러 차례 정리(整理)해야 할 시점에 다다른다. 여기저기 널려 있는 생각들을 버릴 건 버리고 남길 건 남겨야 되는 시점, 지금이 바로 그때가 아닌가 싶다.

적지 않은 기간 실무를 하다가 우연치 않게 교직생활을 시작하게 되었다. 교직은 나에게 일반 직장생활과 달리 얽매이지 않는 자유로운 상상을 허락해주었다. 덕분에 나름 창의적인 생각들을 논문이나 전공서적으로 발표할 수 있었다. 그런데 논문이나 전공서적은 일반인들에게 편하게 읽히지 않는다. 그래서 늘 내 생각을 쉽고 편하게 전달할 기회나 수단이 없을까 고민하곤 했다.

그러다가 내가 직접 '건축주-CM방식'으로 상가주택을 지었던 경험을 2017년 12월 『건축과 교수는 이렇게 집을 짓는다』(북랩)로 출간했는데 그에 대한 반응이 의외로 좋았다. 2018년 상반기 '세종도서(교양부문)'에 선정되는 영광을 누렸으니 말이다. 아마 그 책 때문에 신문사에서 내게 시론을 의뢰했는지 모르겠다.

여하튼 그 일을 계기로 일반인들이 쉽고 편하게 읽을 수 있는 글을 쓰려 노력했다. 마치 학창시절 문학서클에서 활동할 때 썼던 글처럼 가급적 가독성이 좋은 간결체를 선택하였다. 그래선지 시론을 읽으신 많은 분들이 응원을 해주셨는데, 그 호응이 시론을 장기간 연재할 수 있게 해준 큰 힘이었다.

이 책은 내용의 유사성에 따라 총 4부로 분류하였다. 1부는 일상(日常)에서 느낀 생각, 2부는 건설산업, 3부는 건설관리(CM), 4부는 공정관리에 대한 고민과 제안들을 모아놓았다.

오두막과 소나무 한 그루

비록 수려한 어구(語句)나 정제된 교훈(敎訓)은 아니지만, 나의 시론에 담긴 내용들이 동시대를 살아가는 모든 분들과 건설의 길을 걷고 있는 후배들, 그리고 아버지의 길을 따르는 아들들에게 미흡하나마 도움이 되길 소망한다.

2023년 2월

김선규

목차

●

정리(整理)할 때 • 4

1
일상(日常)

둥지 지붕 엮는 천국의 새, 바우어 • 14

건축물을 바라보는 시각, 느끼는 감각 • 19

오두막과 소나무 한 그루 • 25

죽어도 남는 사랑 • 30

로만틱 로드에서 느낀 위험관리 • 35

수락산에서 길을 잃다 • 40

갈매의 어느 봄날 • 45

사천에서 건축을 즐기다 • 50

어느 가을 하루 • 55

익숙한 길, 새로운 길 • 60

동시대(Contemporary) 평가에 대해 • 65

2
건설산업

팀 추월 경기의 교훈, 건설의 꼴찌를 배려하자 • 74
남과 북의 평화협상, 우리에게 시간적 여유를 주고 있다 • 80
국내 건설관행, 글로벌 스탠다드에 맞게 변화해야 한다 • 86
인공지능과 건설업 • 93
4차 산업혁명과 건설의 공정성 • 98
프로젝트 복기에 대하여 • 103
건설의 메인은 현장이다 • 108
스마트 건설을 위해 • 113
조화롭게 천천히 • 118
빗속 낭만과 중대재해처벌법 • 123

3
건설관리
(CM)

CM단체 통합은 결렬되었지만 • 130
CM 성공 사례는 많다, 공유가 부족할 뿐 • 135
건축CM과 토목CM • 140
CM과 분리발주 • 145
까마귀 아래 청설모, 그리고 CM • 150

4
공정관리

공정관리에 대한 인식전환의 계기 • 158

CPM공정관리를 해야만 하는 이유 • 165

변화를 이끄는 발주자의 의지 • 170

직접 공정관리 하는 현장소장의 아쉬움 • 175

정말 그게 가능하다면 꿩 먹고 알 먹기다 • 180

엉뚱하게 확인한 완료공정표의 효용성 • 185

현장 가까이 머물고 싶다 • 190

계약 분쟁 포럼에서 • 195

공정관리가 침몰하고 있다 • 200

공기지연 분쟁, 더 이상 남의 얘기가 아니다 • 205

1

일상(日常)

둥지 지붕 엮는 천국의 새,
바우어

　나는 다큐멘터리와 여행 프로그램 마니아다. 그래서 EBS 방송을 자주 본다. 어제는 EBS의 다큐프라임 '천국의 새'를 시청했다. 자기 둥지의 지붕을 엮는 '바우어' 새에 관한 것이었다. 새가 둥지를 짓는 것을 보면 '참으로 신기한 녀석이구나. 배우지도 않았을 텐데, 어떻게 저렇게 정교한 둥지를 짓지?' 여간 궁금한 게 아니다.

　그런데 바우어 새는 알을 품는 둥지를 짓는 게 아니라, 이끼 나무를 기둥 삼아 둥지 지붕을 엮었다. 참 대단한 녀석이었다. 아프리카의 '베짜기' 새도 나뭇가지에 둥지를 짓는데 둥지 입구를 아래로 낸다. 베짜기 새의 둥지도 지붕이 있는 셈이다. 어떻게 저런 둥지를 지을 수 있을까? 아무리 고개를 갸웃거려봐도

　　　　　　　　오두막과 소나무 한 그루

기묘할 따름이다. 공룡의 후예이면서 가장 성공적으로 진화해 온 동물이 새라고 한다. 도대체 얼마나 오랜 세월 반복하며 시행착오를 겪어야 저런 행동들이 나오는 것일까?

새에 버금가는 집 짓는 동물로 비버가 있다. 시냇물을 나뭇가지로 막아 작은 호수를 만든 다음, 호수 중앙에 나무 덤불로 보금자리를 쌓는데 이 녀석도 출입구는 아래로 만든다. 천적이 침입하지 못하도록 하는 것이다. 참으로 신통방통한 녀석이다.

그런데 인간과 가장 가깝다는 원숭이는 집을 짓지 않는다. 비가 오거나 눈이 내리면 나뭇가지 위에 웅크리고 앉아 그대로 눈비를 맞는다. 손을 자유자재로 사용할 수 있으니 나뭇가지로 평평한 바닥을 만들고 나뭇잎으로 지붕을 덮으면 될 텐데, 왜 저러고 있지? 때론 안타깝기까지 하다.

인간은 다행스럽게도 집을 지을 줄 안다. 그런데 새처럼 정교하게 짓지 못한다. 새는 부리만을 사용하는데도 튼튼한 나뭇가지로 둥지 골격을 얼기설기 엮은 다음, 알 품을 자리는 포송포송한 잔풀로 세심하게 덮는다. 새의 집 짓는 기술은 수천만 년 학습된 DNA로 각인되어 있는 듯싶다.

그런데 원숭이가 집을 짓지 못하는 것을 보니, 사람의 집 짓는 기술은 후천적으로 배운 것이 분명하다. 그러나 원숭이와 달리 사람에게 집은 반드시 필요하다. 오랜 세월 집을 지어왔고 보호를 받아왔기 때문이다. 그래서 사람의 DNA에는 집 짓는 기술이 아닌, 집이 필요하다는 본능이 각인되어 있을 것이다.

EBS에서 매일 저녁 9시 반경 방영하는 '한국기행'이 있다. 내가 가장 즐겨 보는 프로그램 중 하나이다. 몇 주 전 '나의 좌충우돌 집짓기'라는 주제로 산속 또는 외진 시골에 건축 전공이 아닌 사람들이 자기 마음대로 집을 짓는 과정을 보여주었다. 딱히 도면도 없이, 집 짓는 기간이나 예산도 정하지 않고, 생각나는 대로 내키는 대로 집을 짓는 내용이었다. 제멋대로 집을 짓지만 너털웃음을 뿜어내는 모습이 너무 좋았다. 나도 함께 짓고 있는 듯 희열을 느꼈다. 건축과를 나온 나만의 특별한 경험일까?

그런데 요즘 집들은 너무나 많은 상처를 가지고 있다. 대부분의 도회지 집들은 아파트라는 규격품으로 찍듯이 만들어지고, 그마저도 투기 열풍에 휩싸여 사람을 짓누르는 괴물로 변하고 있다. 더 이상 사람을 보호해주지 않는다. 시장경제 체제의 재화

오두막과 소나무 한 그루

가 되어버린 것이다.

그래서 언젠가는 도시를 떠나고 싶다. 한적한 시골로 피신하고 싶다는 생각이 굴뚝같다. '나의 좌충우돌 집짓기' 속에서 집을 짓는 사람들처럼, 그렇게 집을 지으며 행복해지고 싶다. 나는 시골에서 어린 시절을 보내서 그런지 몰라도, 늘 한적한 시골 또는 깊은 산속에 오두막 짓는 꿈을 꾸어왔다. 요즘 많이 회자되는 자연인처럼 말이다. 은퇴하면 반드시 도전해볼 작정이다.

폐가나 화전민이 살던 오두막을 구입하면 그곳에 집을 지을 수 있지 않을까? 아예 다 철거해버리고 새롭게 지을까? 동시대의 건축기술과 자재를 활용하는 것이 현명하지 않을까? 집을 짓는 기간은 미리 정하지 말자. 집 모양도 미리 확정하지 말자. 나중에 증축할 수 있도록 여유만 두고 내키는 대로 짓는 거야. 나이가 들었으니 무리하면 부상당하기 십상이다. 괜히 무리해서 집 다 지은 뒤에 아프다고 누워 있으면 꼴이 사나울 테니.

남자는 나이가 들면 자연으로 회귀하려는 본능이 있다고 한다. 물론 모든 남자가 그렇지는 않을 것이다. 그래도 천국의 새처럼 본능에 충실하고 싶다. 사람이 살면 얼마나 산다고, 부귀

영화 누리면 얼마나 누린다고. 이만큼 살아온 것도 얼마나 큰 축복인가? 바람처럼 왔다가 바람처럼 가는 인생, 이제 내려놓을 때가 다가온다. 천국의 새 바우어처럼 둥지 지붕을 짓고, 자연 속에서 훨훨 날아다니는 꿈을 꾸어본다.

2018. 11. 13.

오두막과 소나무 한 그루

건축물을 바라보는 시각,
느끼는 감각

"탄생의 파사드는 가우디가 설계하고 완성했습니다." 오디오에서 흘러나오는 한국어 설명을 들으며, 아침 햇살을 등진 사그라다 파밀리아 성당 첨탑을 올려다보았다. 첨탑 위에서 회전하는 타워크레인이 광배(光背) 속 십자가 같았다. 1월의 바르셀로나 공기는 차가웠다. 북적이는 관광객들의 표정은 사뭇 진지했다.

아직 빛이 들지 않아 희미하게만 보이는 탄생의 파사드는 나중에 감상하기로 하고, 엘리베이터를 타고 전망대로 올라갔다. 전망대에서 내려오며 바르셀로나 시내를 구경하다가, 좁은 통로 위 석재아치에 생긴 균열들을 발견했다. 여러 곳이었다. 일부는 석회로 메웠으나, 일부는 석재아치를 두 동강 내고 있었다. 다행히 아치 중앙이 아니라 당장 내려앉지는 않을 듯싶었다.

갑자기 지붕 위 타워크레인들이 궁금해졌다. 타워크레인은 지붕 위 받침대에 앵커로 고정되었는데, 와이어로 보강하진 않았다. 네 대의 타워크레인은 회전하며 지상에서 자재들을 인양하고 있었다. 순간 아찔했다.

1층으로 내려와 성당 내부의 천정을 올려다보았다. "가우디가 나무를 형상화해 만든 기둥들입니다." 오디오에서는 가우디의 천재성과 예술성에 대한 설명이 계속되었다. '천정이 버텨줄 수 있나? 천정이 붕괴되면 어떻게 하지? 공사 중인데 관광객을 받아도 되나?' 내 머릿속은 가우디의 위대한 건축미나 예술성과는 동떨어진 잡념들로 가득했다.

비록 나는 설계 전공은 아니지만 건축에 대한 자부심은 누구 못지않다. 그런데 위대한 건축물 안에서 갑자기 혼란스러워졌다. '왜 이러지? 그냥 있는 그대로 감상하면 돼.' 아무리 도리질을 쳐봐도 석재아치 균열이 계속 눈앞에 어른거렸다. 그럼에도 약 2시간 동안 가우디의 위대한 작품을 온전히 느끼기 위해 최선을 다했다.

마지막으로 지하에 내려가 사그라다 파밀리아가 지어진 기록

오두막과 소나무 한 그루

들과 사진들을 관람했다. 그중 지하예배당 기초가 완공된 모습, 성당 벽과 첨탑 옆에 세워진 나무 비계 사진들이 인상 깊었다.

성당의 우측 울타리 안쪽에는 몇 개의 컨테이너들과 자재들이 깔끔하게 정리되어 있었다. 안전모와 안전벨트를 착용한 작업자들이 워키토키를 들고 타워크레인을 통해 자재들을 지붕 위로 올리고 있었다. 준공되지 않은 건축물에 수많은 관광객들이 드나드는 광경은 어색했지만, 그나마 다행인 것은 작업자들이 편안해 보였다는 점이다.

건축물은 행복하게 지어져야 한다. 수십 년을 CM 전공으로 살다 보니 건축물을 느끼는 감각이 달라진 것이다. '역시 전공은 못 속이는구나.' 헛웃음이 나왔다.

스페인 까스티야 왕국의 첫 수도인 톨레도는 중세시대 건축물들로 유명하다. 휘돌아 가는 강 옆, 높은 언덕 위에 거대한 성벽으로 둘러싸인 고성(古城)은 그야말로 압권이다. 다닥다닥 붙어 있는 옛 건물들과 좁은 미로 속에서 갑자기 나타나는 톨레도 대성당은 규모와 화려함에서 상상을 초월한다. '어떻게 이런 개미굴 속에 이토록 엄청난 석조건물을 지을 수 있단 말인가?'

그저 입이 쩍 벌어졌다. 오디오에서는 톨레도 대성당 내부에 설치된 수많은 조각상, 그림, 왕과 주교 석관들의 예술성과 종교적 의미에 대한 설명이 흘러나왔다.

그런데 어느샌가 나는 '미쳤군, 미쳤어.' 읊조리기 시작했고, 아내가 허리를 쿡 찔러서야 멈췄다. 사실 나의 이런 반응은 이곳에서만 그랬던 게 아니고, 피렌체와 밀라노의 두오모 성당에서도 그랬고, 파리의 노트르담 성당에서도 그랬으며, 세비야 대성당에서도 그랬다. '왜 석관들이 성당 내부에 있는 거야. 저 사람들은 살아생전 온갖 부귀영화 다 누린 사람들인데 죽어서까지 대리석 석관에 누워 숭배의 대상이 되어야 하나?'

물론 성당 건축물은 건축사의 발전에 엄청난 기여를 했다. '그런데 저런 건축물을 짓기 위해 얼마나 많은 농노들과 노예들이 고생했을까? 제대로 보상도 받지 못하고 온갖 학대와 고통 속에서 착취를 당했을 텐데. 물론 그들을 종교적으로 순종시켰겠지. 중세시대였으니 어쩔 수 없잖아. 그저 위대한 건축물로 바라보면 되는 거야.' 그러나 내게 톨레도 대성당은 슬프게만 느껴졌다. 전공 탓이리라. 건축물을 느끼는 감각이 달라진 것이다.

오두막과 소나무 한 그루

톨레도 대성당에서 조금 내려오면 유대교 회당이 있다. 크리스천인 아내가 내켜 하지 않았으나 내부를 둘러보고 싶었다. 회당 내부에 들어서는 순간 나는 그저 멍해졌다. 회당 내부는 흰 회벽과 기둥이 전부였다. 벽과 천정에는 아무런 장식이 없었다. "이게 뭐야?" 내가 깜짝 놀랐더니, 아내가 피식 웃으면서 그냥 나가자고 했다.

거대한 톨레도 대성당 내부의 벽과 천정은 화려한 조각과 그림들로 빼곡히 장식되어 있었는데 반해, 유대교 회당은 맹탕이었다. 그저 돌바닥에 빈 벽과 빈 천정이 다였다. '모든 유대교 회당이 이런가?' 물론 나는 유대교를 모른다. 탈무드를 통해 유대교를 이해하고 있을 뿐이다. 회당을 몇 바퀴 빙빙 돌다가 나오면서 입구의 직원에게 "요즘에도 여기서 예배를 보나요?" 물었더니 웃으면서 그렇다고 대답했다. 그런데 나는 유대교 회당을 보고 나서 왠지 편안함을 느꼈다. 건물을 짓는 과정에서 착취와 고통이 느껴지지 않았기 때문이다.

건축물을 보고 느끼는 방법은 사람마다 다르다. 다행스럽게도 건축물을 바라보는 시각은 전문가의 설명을 통해 좁혀질 수 있다. 그러나 건축물을 느끼는 감각은 좁혀지기가 쉽지 않다.

왜냐하면 감각이란 각 개인의 개성과 경험에서 우러나기 때문이다. 나 역시 오랜 세월 건축설계가 아닌 CM을 전공하다 보니, 건축물을 느끼는 나만의 감각이 생긴 것이다.

여행을 다녀와서 지인들에게 내가 느낀 감각을 말해주었더니 반응은 천차만별이었다. 동의하는 분, 동의하지 않는 분, 침묵하는 분. 그래서 건축이 좋다. 자유를 느낄 수 있기 때문이다.

2019. 2. 8.

오두막과 소나무 한 그루

●

오두막과
소나무 한 그루

"아빠, 돌아가시면 어떻게 해드리는 게 좋을까요?" 큰아들은
제법 심각했다. 두 아들과 한 달에 한 번 정도 갈매역 앞 소고
기 무한리필 집에서 저녁식사를 겸해 술자리를 갖는다. 아들과
의 대화가 즐겁기도 하지만, 오랫동안 떨어져 있었던 터라 사회
에 잘 적응하는지 살펴보고 싶어서다. 큰아들이 며칠 전 아내와
거실에서 나누었던 대화를 엿들었나?

그날은 암을 진단받은 여자가 죽어가는 과정을 기록한 KBS
스페셜 '앓, 여자의 일생'을 보고 난 후였다. 초등학교 여교사가
자신의 둘째 딸 백일 무렵 암을 진단받은 다음, 시댁과의 불화로
이혼하곤 홀로 암과 싸우며 딸들을 키우다가 결국 죽음에 이르
는 내용이었다. 너무나 리얼하고 가슴 아픈 사연이라 시청하는

내내 가슴은 먹먹했고 눈시울이 그렁댔다. 여자가 죽어가는 과정에 몰입하던 나는 함께 시청하던 아내에게 "나 죽으면 나무 밑에 뿌려줘."라며 읊조렸다. 큰아들이 그 말을 들은 것일까?

누구도 죽음 앞에 초연해지긴 쉽지 않다. 죽음 이후 사후세계에 대한 근심, 남겨질 사람들에 대한 걱정 때문이리라. 인간은 누구나 태어나면 죽는다. 우주적 관점에서는 수백억 년 시간의 흐름 속에서 찰나 중 찰나를 살다 가는 것이고, 종교적 관점에서는 내세로 들어가는 것이며, 자연적 관점에서는 또 다른 형태의 자연의 일부로 돌아가는 것이다. 그러므로 죽음은 결코 슬퍼할 일이 아니다. 그럼에도 우린 죽음 앞에 흔들린다. 엘튼 존의 'Candle in the Wind'처럼.

여교사의 죽음 앞에서 갑자기 내가 죽은 다음이 떠올랐다. 요즘 매장(埋葬)보다는 화장(火葬)이 대세라고 하던데, 나는 어떻게 해달라고 할까? 땅속에 묻어달라고 할까? 구더기들 때문에 성가실지 몰라. 그렇다면 화장해달라고 할까? 혹시 불속에서 뜨거우면 어떡하지?

별 말도 안 되는 상상을 하다가 그래, 대세를 따르는 게 좋을

오두막과 소나무 한 그루

거야. 근데, 납골당 선반 위에 종일 놓여 있으면 너무 답답할 것 같군. 차라리 넓은 강이 보이는 양지 바른 언덕배기 나무 밑에 뿌려지는 건 어떨까? 거름이 되어 수액으로 잎사귀까지 올라가 변해가는 경치도 구경하고, 불어오는 바람에 건들대다가 늦가을에 낙엽으로 떨어져 다시 거름이 되면, 이른 봄에 소나무 수액으로 솔잎까지 올라가 사시사철 푸르르니 얼마나 좋겠는가? 그래서 나무 밑에 뿌려달라고 한 것이다.

나의 읊조림에 아내가 갑자기 눈을 치켜떴다. "무슨 소리 하는 거예요. 애들이 아직 자리도 못 잡았는데. 제발 무리 좀 하지 마셔." 그래, 현실적으로 아직 죽음을 생각하기엔 이르다. 아니, 죽어서는 안 된다. 떠나기엔 준비가 덜 된 것이다. 그런데 죽음이란 게 내 맘대로 되는 문제가 아니지 않는가?

다큐의 여교사처럼 암을 선고받고 언제쯤 죽을지 아는 것이 차라리 행복할지 모른다. 죽을 준비를 할 수 있기 때문이다. 교통사고나 심장마비로 갑자기 죽는다면 남겨진 사람들이 많이 당황할 거야. 갑작스러운 죽음에도 대비해야겠군. 그래서 죽은 다음 재가 뿌려질 나무를 미리 심어놓고 싶어졌다.

너무 곧거나 멋지면 베어질 수 있으니, 차라리 구부러지고 못생긴 소나무가 나을 거야. 그런데 강이 보이는 언덕배기는 어디쯤이 좋을까? 집에서 한 시간 이내에 강이 보이는 곳이면 좋을텐데. 대성리? 파주? 연천? 아니면 아버지를 모신 마석? 여러 곳을 궁리하다가 남한강이 보이는 양평이 떠올랐다. 친구 A가 양평에서 사업을 하고 있어 그곳 지리에 밝기 때문이다.

"양평 근처 남한강 보이는 산자락에 집 지을 만한 땅 있을까?" 저녁 9시가 넘은 시각 느닷없는 전화에 A는 헛웃음을 치며, "많지. 근데 무슨 일이야?" 침착한 바리톤은 여전했다. "그냥, 세컨드 하우스 하나 지어볼까 해서." 둘러대는 말에 "몇 평이나 필요한데?", "한 50평 정도." 소나무 한 그루 심고, 그 앞에 오두막 하나 지으면 될 것 같았다. "그런 작은 땅은 없네. 보통 2천 평은 넘지. 안 그래도 친구들 몇 명이 공동으로 구매해볼까 하네. 자네도 함께할 텐가?" 차마 재 뿌릴 자리 알아본다는 말은 꺼내지도 못했다. "그래? 시간 나면 사무실 구경 갈게." 화제를 돌려 덕담만 나누다가 통화를 마쳤다.

오래전부터 은퇴하면 조그만 오두막을 직접 지어보리라 마음먹고 있었다. 오두막 뒤 산비탈에 소나무 한 그루 심어놓으면 모

오두막과 소나무 한 그루

든 그림이 완성되는 게 아닌가? 노후를 보낼 작은 공간, 그리고 죽은 다음 재를 뿌릴 곳. 자손들이 가끔 오두막에 놀러 와 즐기는 모습을 바라보는 즐거움. 그야말로 금상첨화였다. 입가에 미소가 번졌다. 그래, 이거야.

그런데 가만히 생각해보니 나의 그림은 어디서 본 듯했다. 아, 그렇구나. 내가 20대 초반부터 가장 존경했던 법정스님께서 입적(入寂)하신 후, 그가 수행했던 불일암(佛日庵) 앞마당 후박나무에 그의 재가 뿌려졌다. 불교신자가 아닌 나는, 나도 모르게 나의 영웅을 닮아가고 있었던 것이다. 그분의 발뒤꿈치도 못 따라가면서 말이다.

큰아들의 술잔을 채워주며, "화장해서 재를 소나무에 뿌려주면 좋겠는데." 그리고는 왜 이런 생각을 했는지 소상히 말해주었다. "아빠, 고마워요. 제가 알고 있는 게 좋잖아요." 큰아들은 편안해 보였다. 아빠와 형의 대화를 묵묵히 듣고만 있던 작은아들이 "아빠, 그런 얘기 벌써 하지 마세요." 술잔을 가득 채웠다. 가게 문을 나서며 두 아들 어깨 위로 양팔을 올렸다. 늦저녁 공기는 상쾌했고, 갈매역 지붕 위 달빛은 유난히 밝았다.

2019. 3. 15.

●
죽어도
남는 사랑

허리가 거의 구십 도로 굽은, 주름 가득한 노인(老人)이 종이 상자에 고추, 시래기, 감자, 양파 들을 힘겹게 쑤셔 넣고 있었다. 상자는 대여섯 개 정도였다. 오지(奧地) 탐험하는 기자가 노인에게 "누구한테 보내는 건가요?" 질문했다. 노인은 아무런 대꾸 없이 박스에 빈 곳이라도 있을까 봐 꾹꾹 눌러 채웠다. 박스를 다 채우고서야 노인은 툇마루에 걸터앉았다.

기자가 "자식들에게 보내는 건가요?" 재차 물었다. 그제야 노인은 고개를 끄떡였다. "연세가 많으신데, 너무 힘들지 않나요?" 기자가 안쓰러워했더니, 노인은 정색을 하며, "죽으면 남는 게 뭐가 있어. 사랑밖에 없지." 단호하게 되받았다. 노인이 내뱉은 '사랑'이란 말에 순간 멍해졌고, 온몸은 감전된 듯 찌릿거렸다.

　　　　　　　　　　　오두막과 소나무 한 그루

사랑이란 단어가 사치스러울 것 같은 깊은 산속에, 홀로 남겨진 늙은 촌부(村夫)의 사랑. 그것도 오래전 도회지로 나간 자식들에 대한 사랑이다. 도대체 그 사랑의 끝은 어디인가? 아마 노인이 생을 마감해야 끝나는 사랑이리라.

김혜자는 참으로 대단한 여배우다. 여린 듯하면서도 짙은 내면 연기가 일품이다. 그녀가 주연배우로 출연한 '마더'라는 영화가 있다. 불법 침술사인 김혜자는 20대 정신지체장애인 아들(원빈 배역)을 홀로 키우고 있다. 그 아들에 대한 김혜자의 사랑이 영화의 주제다.

엄마인 김혜자는 늘 불법 시술로 위축되어 있어 나약해 보이지만, 아들을 위해 악마가 될 수 있음을 적나라하게 보여준다. 기억이 가물거리는 장애인 아들이 여고생을 살인하는 장면을 목격한 고물상 주인을 찾아가, 김혜자는 그를 잔인하게 죽여버리고 고물상마저 불살라버린다. 그리곤 배경음악에 맞추어 흐물거리면서 춤을 추는 김혜자가 페이드아웃되며 영화는 끝난다.

무조건적이며 헌신적인 자식 사랑이 이기적으로 변질되는 과정을 잘 표현한 영화다. 나 역시 부모이기에 가슴이 미어졌다.

살인자 김혜자와 넋 나간 춤을 함께 추는 듯했다. 자식 사랑이 저토록 뼈저린 것인가?

얼마 전 공중파 M방송의 'P수첩'에서 국내 유수의 언론사인 C사 대주주이며 K호텔 소유주인 B회장의 아내 L씨가 자살한 사건을 방영했다. B회장과 그의 네 자녀가 아내이자 친엄마인 L씨를 감금 폭행하고 온갖 학대와 고통을 가한 다음 친정으로 쫓아냈는데, L씨가 결국 한강 B대교에서 투신자살했다는 내용이다.

대체 무슨 사연이기에 돈 많고 큰 권력을 가진 유력한 집안에서 자신을 낳아주고 길러준 친엄마를 네 자녀가 시정잡배보다 못한 쌍욕을 해대며, 칼로 찌르고, 마구잡이 폭행으로 멍투성이를 만들 수 있단 말인가? 그런 막장 패륜은 듣도 보도 못했다.

그런데 그런 모진 학대와 고통 속에서도 친엄마 L씨는 '끝까지 버텨서 자식들 피해 안 주고~'라는 유서를 남겼다. 죽음을 앞두고도 자신에게 극악한 패륜을 저질렀던 자식들이 혹여 피해를 입을까봐 염려하는 자식 사랑. 도대체 그 사랑은 무엇인가?

오두막과 소나무 한 그루

어떤 상황에서도 부모는 자식을 보호하려 든다. 본능인 것이다. 생명이 이제껏 존속된 이유다. 그런데 모든 부모가 똑같은 방식으로 자식을 사랑하지는 않는다. 일부 이기적인 부모는 자식들을 편애하고, 상처를 주며, 내팽개치기도 한다. 참으로 황당하지만 사실이다. 그러니 자식 사랑은 본능적일 수는 있어도 자연의 이치는 아닌 듯싶다. 자연의 이치라면 물리학 이론처럼 반드시 그렇게 되어야 하기 때문이다.

모든 생명체는 자손을 통해 삶을 이어간다. 마치 릴레이 경기에서 바통을 넘기며 달려가듯이. 나 역시 부모로부터 바통을 넘겨받아 달리고 있다. 어느 순간 이 바통을 내 자식들에게 넘겨야 한다. 그런데 어떻게 넘기는 게 가장 좋을까?

나는 아버님이 돌아가신 후에야 그분의 사랑을 깨달았다. 괴로워하며 방황하던 나를 얼마나 사랑했는지 뒤늦게 깨달은 것이다. 아버님의 사랑을 깨닫고 한없이 울었다. 그리곤 아버님이 사랑하셨듯이, 나 역시 자식들을 사랑하리라 마음먹었다. 절대 편애하지 않고, 상처주지 않으며, 얼마나 사랑하는지 절절히 느끼게 해주리라 다짐했다. 그런데 그게 쉬운 일이 아니다. 자식 사랑은 헌신적이지만 빗나갈 수 있고, 일방적이라 온전히 전달

되는지 확인할 수 없기 때문이다.

　사랑을 받으면 사랑으로 보답한다는 말이 있다. 사랑을 받으면 행복해지고 행복해지면 사랑을 베풀기 마련이다. 물론 다 그렇진 않겠지만 그래도 자손들이 사랑받아 행복해지고 행복해서 사랑할 수 있다면, 이보다 좋은 일이 어디 있겠는가?

　살다 보면 많은 고비를 맞게 된다. 크고 작음의 문제일 뿐 누구나 겪는 일이다. 그런 고비에서 흔들리는 것은 당연하다. 때론 극단적인 선택을 하기도 한다. 그런데 그런 흔들림을 잡아주는 것이 바로 사랑이다. 그중에서도 부모의 사랑, 가족의 사랑이 큰 역할을 하는 것이다. 무슨 일을 저질러도 감싸주고 같은 편이 되어주는 사랑. 간혹 살인으로 포장되고 더러운 패륜에 배신당할지라도, 부모의 사랑은 일편단심이다. 다만 그 사랑이 노인의 사랑처럼, 죽어도 남는 사랑이었으면 좋겠다. 그래서 늘 행복했으면 참 좋겠다.

2019. 4. 17.

　　　　　　　　오두막과 소나무 한 그루

●

로만틱 로드에서 느낀
위험관리

"어… 저 차 뭐지?" 나름 주행로에서 130킬로로 과속하고 있는데, 추월로에선 차량들이 쏜살같이 내달렸다. 180킬로는 족히 넘어 보였다. 어제 프랑크푸르트에 도착해서 렌터카를 찾아 1박을 한 후, 로만틱 로드가 시작되는 뷔르츠부르크로 가는 길이다. 말로만 듣던, 제한속도 없는 아우토반에 들어선 것이다.

5분쯤 주행로를 달리다가 앞차가 120킬로 정도로 서행하기에, 추월해볼 요량으로 깜빡이를 켜고 속도를 높여 추월로에 들어섰다. 그런데 어느샌가 꽁무니에 검은 차가 바짝 붙더니 비키라며 야단이다. 얼른 주행로로 비켜주니 바짝 붙었던 차는 화살처럼 내질렀다. 사실 난 140킬로도 떨렸다. 국내라면 객기 한번 부려볼 만했으나, 여긴 독일 아닌가? 그리고 아직 시차 적응도

덜되었다. 독일의 첫 인상은 섬뜩했다.

이번 여행은 프랑크푸르트에서 로만틱 로드, 잘쯔부르크, 비엔나, 프라하, 베를린까지 11박 13일 동안 말굽 형태로 도는 여정이다. 그런데 여행기간 내내 아우토반에서 150킬로 이상 밟아보지 못했다. 폭스바겐 T-ROC은 흔들렸고, 아내가 만류하는 통에 포기했다.

뷔르츠부르크 궁전과 알테마인교를 구경하는 내내 푹푹 쪘다. 38도를 넘었다. 서둘러 숙소가 예약된 로텐부르크로 향했다. 로텐부르크는 중세의 성벽이 원형 그대로 보존된 고성이다. 성벽을 따라 잠시 걷다가 성의 중심부로 걸어갔다. 성 중앙에는 중세 도시가 대개 그렇듯 시청, 성당, 광장이 위치한다. 시청사 종루에 올라가면 경치가 좋다는데, 아내가 고개를 저었다. 너무 더웠다. 에어비앤비로 예약한 숙소에 도착하자 호스트가 대뜸 조용히 살살 다녀달라고 부탁했다. 어이가 없었다. 그나마 시 외곽이라 밤엔 선선했다.

아침에 일어나 혈압약을 찾아보니 보이지 않았다. 여행가방을 모두 엎어놓고 샅샅이 뒤졌으나 없었다. 갑자기 뒷목이 뻣뻣해

　　　　　　　　　　　오두막과 소나무 한 그루

졌다. '아직 11일을 더 지내야 하는데 혈압약이 없어도 되나?' 아내가 더 긴장했다. 어제 묵었던 숙소에 전화했지만 없다고 했다. '어떻게 하지? 여행을 중단하고 귀국해야 하나? 이참에 혈압약을 아예 끊어버려?' 말도 안 되는 중얼거림에 아내가 버럭 화를 냈다. 아내는 서둘러 아들에게 혈압약 봉투를 사진 찍어 보내라고 카톡을 보냈다. 아들은 회사라며 귀가하면 보내주겠다고 했다. 일단 다음 행선지인 뇌르틀링겐으로 출발하기로 했다.

뇌르틀링겐은 분화구에 형성된 고성으로, 로덴부르크처럼 성벽이 온전히 보전된 곳이다. 거리는 청결했고 주민들은 친절했다. 전형적인 독일 시골 마을이었다. 혈압약은 잊어버리고 이곳저곳 둘러보며 노천카페에서 소시지빵과 커피로 아침식사를 했다. 성벽 위에 올라 아름다운 고성을 감상한 다음, 예정대로 아우크스부르크로 향했다.

아우크스부르크는 이천 년 넘는 역사를 가진 대도시다. 그런데 중심가는 지저분했고, 회교도들이 많았다. 시청사 황금의 방과 아우크스부르크 돔을 구경하던 중, 아들이 혈압약 봉투 사진을 보내왔다. 구글지도로 주변 약국을 검색하고 가장 가까운 약국을 찾아갔다.

혈압약을 잃어버렸다며 약 봉투에 적힌 혈압약을 구매할 수 있는지 물어보았다. 약사는 혈압약을 잃어버렸다는 말에 신속하게 반응하며 의사의 처방이 필요하다고 했다. 의사의 처방을 받을 수 있는 곳을 물어보았다. 옆 건물 3층 의원에 가보라며 친절하게 약국 밖까지 나와 가리켜주었다.

3층으로 올라갔다. 출입문은 단단히 잠겨 있었다. 초인종을 몇 차례 눌렀더니 사복 차림의 여자가 문을 열어주었다. 혈압약 처방을 받으려고 한다며 자초지종을 설명했다. 혈압을 재보더니 약 봉투에 적힌 대로 처방전을 발급해주었다. 단돈 10유로였다. 약국에 처방전을 가져다주니 2시간 후 다시 오라고 했다.

아우크스부르크 시내를 이곳저곳 둘러보다가 오후 4시경 약국을 다시 찾았다. 약사는 혈압약을 다른 곳에서 가져왔다며 건네주었다. 한 달치 약값은 49유로였다. 사실 큰 기대는 하지 않았다. 그런데 낯선 타국에서, 한국에서 복용하던 혈압약을 구매하다니? 혈압약을 받아들고도 믿겨지지 않았다. 독일은 역시 의료선진국이었다. 약을 복용하자 혈압은 금세 안정되었다.

위험관리 관점에서 보면, 혈압약을 잃어버릴 위험요인은 아예 무시했고 대비도 하지 않았다. 위험요인은 늘 익숙한 곳에 웅크리고 있다가 간과하는 순간 위기로 튀어나오는 경우가 많다. 이번이 그런 경우다. 다만 위기상황을 벗어나는 것도 위험대응 측면에서 매우 중요한데, 우여곡절 끝에 혈압약을 구입했으니 전체 위험관리 프로세스에서 보면 약간의 추가비용이 들어간 게 전부다. 운이 좋았던 게다.

다음 날 로만틱 로드의 종착지인 퓌센으로 향하면서 아내는 대뜸, "당신 참 웃겨. 이렇게 낯선 곳에서 차를 렌트해 몰고 다닐 생각을 하다니." 하면서 신기해했다. "별거 아냐. 87년에 똥차 몰고 LA에서 앤아버까지 혼자 5,500킬로 횡단 여행도 했는데 뭐. 그때에 비하면 럭셔리한 거지." 피식댔다. 아우토반 추월로에는 자동차들이 경주하듯 내빼고 있었다. 나도 모르게 가속페달에 힘이 들어가기 시작했다. 아내가 말린다. 그래, 속도를 줄이자. 위험관리에 들어간 것이다.

2019. 8. 29.

●

수락산에서
길을 잃다

　얼마 전 휴일 아침, 거실 긴 의자에 다리 쭉 펴고 창밖을 보았다. 살짝 구름 낀 하늘이 스산하다. 조식을 누룽지로 때워선지 몸은 가볍다. TV를 켜보니 별 흥미 없다. '산에나 올라가볼까?' 빨랫거리 들고 위층으로 올라가는 아내에게 "우리 등산 갈까?", "바빠, 당신이나 다녀오셔.", "혼자 가도 돼?" 아내가 싱거운 듯 외면한다.

　불암산은 일 년에 서너 번 오른다. 집에서 가깝고 능선이 완만해 편안하다. 자주 오르다 보니 새로운 맛은 없다. '수락산이나 가볼까?' 불암산에 붙어 있지만 교통은 불편하다. "수락산 입구까지 차 태워줄 수 있어?" 위층의 아내에게 큰 소리로 물어보았다. "빨래 돌리고 태워다드리죠~." 너그럽게 응답한다.

　　　　　　　　　　　오두막과 소나무 한 그루

물병, 휴지, 수건을 작은 가방에 쑤셔 넣고 한쪽 어깨에 둘러 멨다. 초겨울이라 파카에 트레이닝바지를 입었다. 가벼운 여름 용 운동화를 꺼내 신고, "빨리 내려와." 아내를 재촉했다. 아내 가 차림새를 힐끔 살피더니, "추운데 목도리 해야 되지 않아?", "금방 내려올 건데 뭐." 그렇게 불암산 가듯 수락산으로 향했다.

11시 조금 지나 수락산 등산로 입구에 도착해 등산로 안내판 을 살펴보았다. '여기가 청학동 입구이니, 정상에서 당고개 방향 으로 내려가면 되겠군.' 지도 확인차 휴대폰을 열었다. 커버에 카드 한 장 달랑 꽂혀 있다. 지갑을 챙기지 못해 현금은 없고, 작은 가방에 500㎖ 물 한 병이 전부다.

불암산보다 130m 높은 수락산(水落山)은 암벽에서 물이 굴러 떨어진다는 의미다. 우렁찬 계곡물 소리에 발걸음은 가볍다. 올 라가는 사람은 별로 없고, 내려오는 사람들로 왁자지껄하다. 수 락산 산장 위 계곡 건너는 돌다리가 일품이다. 숨이 찰 즈음 울 창한 숲길이 시작되었다. 길 위 낙엽들은 발길에 잔뜩 눌려 미 끄럽지 않다. 숲속 공기는 언제나 싱그럽다. 코와 입을 크게 벌 렸다. "아, 좋다."

중턱쯤 오르니 내원암이다. 신라시대 창건된 유서 깊은 암자다. 암자 바로 아래 천막식당은 등산객들로 만원이다. 암자 건너편을 올려다보니 계단 끝에 별채가 보였다. 정상으로 향하는 바윗길로 접어들자 산세가 험해졌다. 가파른 돌계단, 철계단을 몇 굽이 오르고서야 정상에 도달했다. 태극기가 펄럭인다. 아침식사가 부실했는지 허기가 느껴졌다. 정상 모퉁이, 노점상 아주머니가 어묵과 군것질거리를 팔고 있다. "카드 돼요?" 물었더니 손사래 친다. '내려가서 사 먹지 뭐.' 하산길을 서둘렀다.

당고개 방향 팻말을 보고 내려갔다. 조금 가다가 비탈 앞에서 길이 끊겼다. '낙엽에 덮였나?' 비탈 아래엔 낙엽이 가득하다. '방향은 맞는 것 같은데, 한번 내려가볼까?' 그쪽으로 내려가는 사람들은 없었다. 수북이 쌓인 낙엽에 몇 차례 미끄러졌더니 좁은 산길이 나타났다. '등산로인가?' 그 길을 따라 계속 내려갔다. 경사는 점점 심해지고 바위투성이다. '길이 맞나?' 싶을 때쯤 길이 사라졌다.

내려온 방향을 올려다보니 까마득하다. 허기가 몰려온다. 당이 떨어지며 다리가 후들거린다. 다시 올라갈 엄두가 나지 않는다. '그냥 내려가는 거야. 결국 산 아래 아니겠어.' 그런데 불안하

　　　　　　　　오두막과 소나무 한 그루

다. 그 많던 등산객 말소리가 전혀 들리지 않는다. 적막강산이
다. 호흡이 가빠진다. 쇼크가 올 것 같다. '혹시 여기서 기절하
면, 누가 발견할까?' 발견되긴 쉽지 않아 보인다.

'집사람에게 전화할까? 아냐, 괜히 놀라게 할 필요 없지. 119
에 전화할까? 완전 바보 되겠군.' 그냥 내려가보기로 했다. 낙엽
에 미끄러지고 바위에 긁히기를 얼마쯤일까, 저 아래 기와지붕
이 보였다. '아, 살았구나.' 바위틈을 엉금엉금 기어 내려가보니
내원암 별채였다. 당고개가 아닌, 올라온 역방향으로 가파른 산
비탈을 뚫고 내려온 것이다.

내원암 아래 천막식당에 들어가 "카드 돼요?" 물었더니 고개
를 가로젓는다. '그래, 내려가자.' 조금 더 내려오다 벤치에서 스
니커즈와 바나나를 먹고 있는 중년 부부를 만났다. "스니커즈
남는 게 있나요?" 남자가 흘낏 보곤 스니커즈 하나 건네주었다.
"고맙습니다." 단숨에 까먹으니 현기증이 잦아든다. 바로 옆 벤
치에 길게 드러누웠다.

산 아래로 내려와 소머리국밥집으로 들어갔다. "카드 되나
요?", "그럼요.", "국밥 하나 주세요." 하곤, 가게 옆 계곡 툇마루

에 대자로 널브러졌다. 계곡물 소리가 경쾌하다. 나도 모르게 깜빡 잠이 들었다. "국밥 나왔어요." 소리에 깨어났다. 후딱 한 그릇 비웠다. 오후 5시 반, 어스름이 몰려온다. 수락산 얕보다가 큰 코 다쳤다.

2020. 1. 17.

오두막과 소나무 한 그루

●

갈매의
어느 봄날

토요일 오전 8시, "쿵쾅 쿵쾅" 둔탁한 망치 소리다. 일주일 내
내 직장생활에 지친 아들이 늦잠 자려다 깨어났다. 우리 집 옆
에 상가주택을 짓는 중이다. "귀마개 하고 더 자." 다독이곤 옥
상 베란다에 올라가 공사현황을 살폈다.

목수반장이 다락층 바닥에 먹을 놓으면, 목수 두 명이 먹 놓
은 자리에 네모도(거푸집받침)를 망치로 두들겨 박고 있다. 바로
그 소리다. 외벽의 형틀목수 세 명이 4층 야기리(외벽거푸집)를 윈
치로 끌어올리고 있다. '크레인을 왜 부르지 않았지?' 그런데 야
기리 인양 솜씨가 능란하다. 착공한 지 겨우 한 달 반인데 다락
층 골조만 남았다. 무척 빠른 속도다.

이제 건설현장은 꼭두새벽부터 밤늦도록 휴일 없이 작업하지 않는다. 오전 8시 작업시작, 오후 5시 작업종료는 거의 정착되었다. 일요일 작업은 없지만, 토요일 작업은 여전하다. 주거지역에서 일요일에 작업하면 민원 때문에 공사는 당장 중단된다. 토요일 작업도 점차 사라질 것이다. 주 5일제 흐름은 피할 수 없다.

작업시간과 작업일수가 줄어들면 공기는 늘어나고 공사비도 올라간다. 줄어든 작업시간만큼 건설노임단가를 낮추긴 쉽지 않다. 건설노동자 삶의 질도 고려해야 한다. 우리 젊은이들이 건설현장에 뛰어들어 행복을 느낄 수 있도록 해야 한다. 그게 옳은 방향이다.

노동단체가 인력투입을 강요해선 안 된다. 노임과 생산성 관계는 시장논리에 맡겨야 한다. 언젠가 우리 건설노임은 선진국 수준과 비슷해질 것이다. 선진국에 진입하는 대가다. 우리의 일상도 선진국을 따라갈지 모른다. 국내의 높은 물가에 신음하다가 개발도상국이나 후진국에 가서 맘껏 즐기는 생활패턴이다.

오전 10시경 갈매천변을 산책할 겸 집 밖으로 나왔다. 상가주택 신축공사를 맡은 A건설 L사장이 반갑게 인사했다. "공사가 빨리 진행되네요." 칭찬했더니, "감사합니다." 반색했다. "목수들이 일 참 잘하네요.", "강남팀입니다. 목수사장님이 강남에 사세요.", "아, 그래요. 강남팀이면 단가가 꽤 비쌀 텐데요.", "요즘 부동산 규제, 코로나 사태로 일이 없어요. 크게 차이 나지 않습니다.", "그렇군요."

L사장과 얘기하던 중 목수팀 K사장이 다가왔다. 작업하다 내려온 듯 못 주머니를 차고 있었다. "옥상 베란다 옹벽을 40전(㎝) 내리라는 거지요?" L사장에게 확인하자, "네, 맞습니다. 김 교수님 댁 다락방 창문이 옹벽에 가리지 않도록 조금 내려주세요." L사장이 나를 보며 환하게 웃었다. 신축건물 옹벽이 우리 집 다락방 창문을 가릴 것 같아, 이른 아침 다락방 창문 중간쯤 옹벽이 오도록 Shop Drawing을 스케치해서 L사장에게 카톡으로 보냈다. L사장이 "신속하게 검토하겠습니다."라고 답변했는데, 목수팀 K사장에게 곧바로 지시했던 모양이다. "감사합니다. 그럼 수고하세요." 인사하고 갈매천변으로 내려갔다.

구리갈매지구에 새집 지어 이사하고 맞는 네 번째 봄이다. 세월이 빠르긴 참 빠르다. 그래도 새봄은 늘 좋다. 파릇파릇 움트는 새싹들과 몽글몽글 피어나는 벚꽃, 철쭉, 개나리들이 함께 어우러지는 갈매천변, 쑥 뜯는 아낙들 손놀림이 분주하다.

갈매천변은 일주일에 서너 차례 걷는다. 요즘 마주치는 산책객 대부분은 마스크를 쓴다. 혹시 코로나에 옮을까봐 서로 경계하는 눈치다. 낯선 풍경이다. 갈매천 텃새인 청둥오리 식구들이 어느새 여덟 마리로 늘었다. 지난해 태어난 네 마리 오리새끼 덩치가 어미만 해졌다. 이미 구역을 나눴는지 두세 마리씩 그룹지어 물질한다. 텃새가 된 오리들은 사람을 경계하지 않는다. 오히려 신기해하는 어린아이를 놀린다. 오리가 나는 것은 처음 보았다. 꺼억꺼억 울부짖으며 나는 모습이 꼭 기러기 같다. 그리 오래 날진 않는다. 갈매천이 제 땅이라고 시위할 때만 잠깐 날아오른다. 오만하지만 귀엽다.

갈매천은 하류의 하수처리장에서 정수한 물을 최상류로 밀어올려 다시 내려보내는 인공하천이다. 갈매천을 따라 최상류까지 오르면 구리시와 서울시 경계에 작은 동산이 있다. 해발 130m 정도지만 중턱에 전망대가 있다. 건너편 산기슭에 보현사라는 사찰이 있는데, 전망대에서 그곳까지 작은 오솔길이 나 있다. 어둠이 깃든 초행길에 너무 놀라 '놀래길'이라 명명했다. 적당한 굽이, 그리고 오르막과 내리막이 잘 어울리는 명품 구간이다. 나의

오두막과 소나무 한 그루

산책코스는 놀래길 포함 대략 7㎞ 정도로 만 보가 조금 넘는다.

 갈매천변을 돌아오니 정오가 지났다. 점심식사를 마친 목수들이 신축건물 옆 보도블록에 단열재를 깔아놓고 낮잠을 청하고 있다. 목수팀 K사장도 함께였다. 형틀과 씨름하느라 얼마나 힘들고 피곤했겠는가? 목수들의 허름한 작업복이 안쓰럽다. 모두가 쉬는 토요일 오후, 건설현장에서 혼신을 다하는 그들이 존경스럽다. 좀 더 편안한 낮잠이 되었으면 좋겠다. 그리고 늘 행복했으면 좋겠다. 담박한 소망이다.

2020. 5. 6.

●

사천에서
건축을 즐기다

가끔 일탈을 꿈꾼다. 반복되는 지루한 일상에서 벗어나고 싶은 것이다. 코로나가 전 세계 이동을 막으니 더욱 그렇다. 그런데 일탈이 예상 밖 즐거움을 선사하기도 한다.

최근 그런 경험을 했다. 평생 CM 분야에 몸담다 보니, 건축 전공이지만 설계 쪽에 관심을 두지 않았다. 괜히 남의 전공에 끼어드는 것 같아서고, CM을 대충 아는 분께 훈수 받을 때 찜찜했던 경험 탓이다. 그런데 얼마 전 남도 여행 중 우연히 건축을 새롭게 느꼈다. 전혀 뜻밖이었다.

코로나가 수도권에서 전남 광주로 확산되던 6월 말의 어느 토요일, 고교 동창인 진주시 국립 G대 기계과 S교수가 대학원 세

오두막과 소나무 한 그루

미나에 초청한 날이다. 실은 S교수가 기획한 부부동반 여행이다. 아내는 코로나 때문인지 여행 가길 꺼려했다. "그래도 가야 되지 않아?" 요령껏 설득해 오전 9시 출발했다.

세미나 장소는 경남 사천시 'KB사천인재니움'이다. S교수가 내려오는 김에 특강을 청하기에 '건축과 교수는 이렇게 집을 짓는다'를 30분 정도 들려주기로 했다. 특강이 오후 3시 시작되니 30분 전에 도착하면 된다. 코로나 탓인지 서울에서 대전까지 교통정체는 거의 없었다.

대전부터 진주까지 덕유산과 지리산을 끼고 남강이 동행하는 풍광은 경춘고속도로만큼 친근했다. 점심식사를 위해 12시 20분경 진주냉면집 하연옥에 도착했다.

하연옥 입구는 차들로 꽉 막혔다. "제시간에 냉면 먹긴 글렀군." 포기하려는데, 대기표 나눠주던 직원이 "십 분 정도 기다리면 됩니다." 무뚝뚝한 말투다. 손님 순환이 빠른지 금방 우리 차례가 왔다. "비빔냉면 두 그릇 주세요." 주문하자 초스피드로 냉면이 나왔다. "냉면이 떡 졌네요." 아내의 불평에 무표정하게 냉면을 회수하곤 곧바로 새 냉면을 가져온다. 서두른 탓에 무슨 맛인지 모르겠다. 소고기 고명이 특이하지만 짜다. 1시경 하연옥을 빠져나와 진주성으로 향했다.

진주성은 하연옥에서 십 분 거리다. 성내로 들어서자 넓게 펼쳐진 잔디밭이 시원하다. 성벽에서 남강 건너편 진주 시가지가 한눈에 들어온다. 춘천처럼 평온한 분위기다. 아내에게 함께 사진 찍자고 했더니 나만 찍어주겠단다. "땡큐." 하곤 한껏 폼을 잡았다. 아내가 피식 웃는다. 풀어졌나? 다행이다. 논개가 왜장을 부둥켜안고 남강으로 투신했다는 의암까지 내려가 이리저리 둘러보았다. 논개사당과 촉석루를 둘러보고 진주성을 빠져나오니 오후 2시다. 진주성의 절반밖에 보지 못했다. 아쉽지만 어쩔 수 없다.

진주에서 KB사천인재니움까지 40분 걸린다. 특강 시작 20분 전에 도착할 것 같다. 곤양IC를 빠져나와 느긋하게 드라이브했다. 도로 옆은 울창한 숲과 논밭 천지다. 남해안에서 마주친 시골 풍경, 정겹고 푸근하다. 꾸불꾸불 시골길을 휘돌다 보니 갑자기 거대한 현대식 건물이 나타났다. 정문에서 경비원이 발열체크와 방문목적 확인을 하고 주차장과 강의건물을 친절하게 가르쳐준다. 억센 경상도 사투리다.

주차하고 강의실로 걸어가며 건물을 올려다보았다. 압도적 매스다. 이런 외딴곳에 초현대식 건물이라니! 입이 쩍 벌어졌다. 아내도 놀라는 눈치다. 장대한 철골을 노출시킨 건물 내부는 그림과 조각, 현대식 가구들이 무척 조화롭다. 잘 지었군! 연신 감탄하는 나에게 아내가 호응한다.

강의실 앞에서 S교수를 만났다. 계단강의실은 넓고 길쭉한데, 교수님과 학생들로 만원이다. "대학원생 20명 정도라 하지 않았나?" 의아해했더니, S교수가 "무슨 소리야, 교수님과 학생들 합쳐 60명쯤 되네." 오히려 반문했다. "20~30분 편하게 얘기할까 했는데 큰일이군." 실소가 나왔다. 일주일 전 조교에게 발표자료를 보내고 다시 살펴보지 않았다. 특강을 한 시간 늘려 무사히 마쳤다. 반응은 의외로 좋았다. 질문이 계속되어 S교수가 식사 자리로 미뤘다.

특강을 마치고 S교수와 KB사천인재니움 주변 산책에 나섰다. 건물 배치가 해안구릉과 절묘하게 어울린다. 불필요한 가식이 배제되어 깔끔하다. 내 스타일이다. 건물 앞 산책로는 정성스럽게 가꿔졌고, 소나무 숲속 정자와 조각들이 고즈넉하다. 산책로에서 굽어보는 굴곡진 해안은 마치 작은 섬들이 연결된 듯하고,

언덕 위 쭉 뻗은 커튼월들이 저녁놀에 광채를 뿜는다. 아! 멋지다. 감탄이 절로 난다.

우리가 머물 객실로 들어왔다. 트윈룸이다. 창밖엔 리아스식 해안이 춤을 춘다. 비라도 내리면 그토록 바라던 풍경이 될 듯. 아내도 대만족이다. 오길 잘했단다. 건축 힐링의 묘미, 이래서 건축이 좋다.

건물 지을 때 많이들 고생했을 것이다. 외진 곳에서 모든 것이 부족하고 불편했을 텐데, 2012년 한국건축문화대상을 받았단다. 건축을 새롭게 느끼게 해준 모든 분들께 감사드린다. 뜻밖의 즐거움이었다.

2020. 8. 14.

오두막과 소나무 한 그루

●
어느
가을 하루

올해도 여지없다. 가을인가 싶더니 휙 지나가 버린다. 떠나는 가을이 아쉽다. 나이가 들어도 계절을 타나 보다. 발에 걸리는 낙엽에 멈칫한다. 이게 인생인가? 가을은 역시 쓸쓸하다.

마무리할 때가 다가온다. 그래, 이제 쉬어야지. 그런데 쉴 곳은? 분주한 도시 불빛이 영 낯설다. 이곳은 아닌 듯싶다. 그럼 어디지? 모르는 척 하지 마. 도시를 떠나는 거잖아. 그런데 짝이 동의할까? 설득해봐야지. 무조건 도시 밖으로 나가는 거야. 그러다 하나 걸리면 거기서 머물면 되지. 자아도취성 흐뭇함으로 낙엽을 걷어찬다. 마음은 이미 자동차 소리 들리지 않는 호젓한 시골길을 걷고 있다.

달포 전 A시에 사는 친구 B가 좋은 땅이 나왔다며 보러 오라기에 한걸음에 달려갔다. 물론 짝과 함께다. A시는 서울에서 사오십 분 거리지만 널따란 한강을 끼고 있어 풍광이 뛰어나고, 전철과 고속도로 접근성이 좋아 늘 관심 대상이었다.

그래서 B를 만날 때마다 "좋은 땅 나오면 알려주게." 부탁했는데, "몇 군데 알아놓을 테니, 내려오면 한꺼번에 둘러보세."라며 호의를 베풀었다. 마침내 정리된 모양이다.

A시로 가는 길은 한강을 끼고 달린다. 코로나 때문인지, 먼지 기운 사라진 가을 하늘이 한껏 청명하다. 세상사 다 그렇듯, 경치도 심사가 편해야 제대로 보인다. 근심이 한 덩어리면 단풍도 제 색깔로 보이지 않는 법. 눈에 들어오는 가을 풍경이 울긋불긋 조화로우니, 심사는 편하다 못해 신명까지 난다.

그런데 조수석의 짝은 깊은 잠에 빠져 있다. 토요일임에도 오전 학교 행사에 다녀와 피곤한 모양이다. 그것보다 시골집 지을 땅 알아보는 나의 옹고집이 영 내키지 않는 눈치다. 그래도 따라나서 주니 고맙다.

오두막과 소나무 한 그루

A시 경계에서 B를 만났다. 첫 번째 땅은 한강변 높은 언덕에 위치한 대지로, 한강이 남동쪽으로 살짝 보일락 말락 했다. B가 "이 땅은 둘로 나누어야 하는데, 앞쪽 땅은 이미 결정되었고, 뒤쪽 땅이 남았는데 조금 싸게 나왔네.", "앞에 집을 지으면 뒤에서 한강이 안 보일 것 같은데." 갸웃거렸더니, "뒤쪽이 높으니, 앞집이 있어도 한강은 보일 걸세." 허허 웃었다. 짝도 내키지 않아 한다. B는 가까운 곳부터 보여준 거라며 금방 다음 땅으로 가보자고 했다.

두 번째 땅은 A시 중심가에서 멀지 않고 고속도로 입구 바로 옆으로, 남서쪽으로 한강이 훤히 보이는 산기슭에 조성된 전원 주택지다. 가파른 비탈길을 올라가, 단지 맨 위 넓은 대지로 한강이 시원하게 들어왔다. 그런데 뒷산은 여전히 개발 중이다. "전망이 진짜 좋군. 그런데 산사태 나면 어쩌려고 계속 대지를 만들지?" 의아해했더니, "글쎄 말이야, 전망이 좋으니 산꼭대기까지 대지를 만들 기세군. 조금 비싸게 나왔네." 평당 가격을 듣고 바로 포기했다. 예산을 초과하며 목숨 걸 필요는 없지 않은가?

세 번째 땅은 한강 건너편에 있었다. 강변도로 바로 옆에 조성된 택지라 일렁이는 강 물결이 보일 정도다. 아직 한 채밖에 지어지지 않았는데, 강을 완벽하게 조망할 수 있는 거대한 유리창과 노출콘크리트 외벽이 모던한 별장이다. 대지가 넓고 조망이 좋아선지 가격이 비싸다. 아쉽지만 포기할 수밖에 없다. 네 번째 땅은 시골길로 한참 들어간 산속이었다. 한강은 보이지 않았지만 울창한 숲이 일품이다. 단지계획 중이라고 했다. 아직 착공하려면 멀었기에 참고만 하기로 했다.

오후 5시가 지났다. A시를 이렇게 오랜 시간 꼼꼼하게 살피긴 처음이다. B가 너무 고맙고, 짝도 피곤해 보이기에 "수고 많았네. 저녁은 내가 사지. 좋은 레스토랑 추천해주게." 제안했더니, "아직 이르지 않나? 차 한잔하고 가세."라며 앞장섰다. 강변에 위치한 음악카페였다. 실내는 어두웠다. 거대한 화면 속엔 오케스트라가 연주하고 있고, 질 좋은 음악 소리로 가득하다. 몇몇 손님들의 감상 모습은 너무나 진지하다. 우리도 커피를 주문하고 몇 곡을 청해 들었다. 은퇴 후 평온한 전원생활과 품격 있는 문화생활이 이런 게 아닐까? 짝이 감동했으면 좋겠다.

카페를 나오며, "가장 유명한 맛집으로 가세." 했더니, B가 "가정식이라 간판이 없어. 내 차만 따라오게." 앞장섰다. 산길을 오르다가 어느 집 앞에 멈췄다. "여기가 가정식 식당인가?" 물었더니, B가 찡긋하며 현관문을 열고 들어갔다. B의 별채였다. 주말은 이곳에서 보낸다고 했다. B의 아내와 아들도 함께였다.

별빛이 내린 한강과 강 건너 전원주택 불빛이 파노라마로 펼쳐졌다. 절경이 따로 없군. 별채의 테라스에서 푸짐한 저녁을 함께했다. "정말 감사합니다. 이렇게 큰 대접 받을 줄 몰랐네요." B의 아내에게 감사 인사를 건넨 뒤, B에게 "이거 너무 과하지 않나?" 핀잔을 주었더니, "이게 일상이네."라며 파안대소했다. 비록 땅을 보러 갔지만, 땅을 본 것 이상으로 감동받은 하루였다.

2020. 12. 10.

●

익숙한 길,
새로운 길

　내가 사는 경기도 구리(九理)시의 지명은 동구릉(東九陵)에서 유래되었다. 동구릉에는 조선을 개국한 태조 포함 7명의 왕과 10명의 왕비와 후비가 잠들어 있다. 그 동구릉의 주산(主山)이 구릉산(九陵山)이다. 보통 주산이라 하면 해발 500미터 이상의 봉우리를 떠올리는데, 구릉산은 겨우 178미터에 불과하다. 다만 구릉산 남동쪽 기슭은 매우 완만하고 폭이 넓으며, 앞쪽 탁 트인 벌판 너머로 왕숙천과 한강이 흐르니 배산임수(背山臨水) 명당임은 분명하다.

　구리시 갈매택지지구는 구릉산 뒤편에 위치한다. 그래서 갈매에서 구릉산 정상까지는 북쪽 산기슭을 올라야 한다. 그 중턱에 정자와 운동시설이 있다. 5년 전 이곳에 집을 짓고 이사 왔

　　　　　　　　　　　　　　오두막과 소나무 한 그루

을 때는 입주민이 거의 없어 구릉산 오르는 길은 좁디좁은 한적한 오솔길에 불과했다.

그런데 5년이 지난 요즘, 갈매지구가 거의 완성되어 3만여 주민들이 살다 보니 구릉산 오르는 분들도 많아졌다. 그래선지 구리시청은 등산로를 넓히고, 돌덩이가 노출된 곳은 마포로 덮고, 경사가 급한 곳은 계단과 난간을 설치해서 제대로 된 등산로로 탈바꿈시켰다. 다만 정자에서 구릉산 정상까지 오르는 코스는 산허리를 빙 둘러 내리막과 오르막을 지나 가파른 계단을 올라야 한다.

일주일에 한두 번 구릉산을 오르는 나는 체력단련보다 정자 옆 벤치에 앉아 변해가는 숲속 풍경과 날짐승 소리를 즐기는 편이다. 벤치에 앉아 북쪽 산기슭 새소리에 귀를 기울이다 '정자에서 구릉산 정상으로 곧바로 오르는 코스는 없을까?' 하는 생각이 문득 떠올랐다. 그런데 구릉산 뒤편 그늘진 산비탈엔 낙엽만 가득할 뿐 발길 닿은 흔적은 전혀 없었다.

어느 날 정상 가까이 등산로 옆 비탈길을 한 노인이 올라오고 있었다. 비탈길은 낙엽이 쌓여 길인지 아리송했지만 정자와는 일직선 방향이었다. "이쪽에도 길이 있나요?" 물었더니 무심하게 고개를 끄떡였다. 하산길에 그쪽 방향으로 내려가보기로 했다. 발길이 뜸해선지 볼품은 없었고 가파른 돌벽들이 산재했다. 그마저 서울 신내동 방향으로 한참 돌아 내려가니 고난의 행군과 별반 다르지 않았다.

며칠 후 구릉산 중턱 정자에 앉아 산 정상 쪽을 물끄러미 바라보았다. 운동시설 뒤편 산비탈로 곧장 오르면 정상까지 쉽게 올라갈 수 있을 것 같았다. 잠시 궁리하다 그곳으로 올라가보기로 했다. 역시 산비탈은 낙엽과 부엽토로 발이 푹푹 빠졌다. 바람에 꺾인 나뭇가지를 지팡이 삼아 낙엽에 미끄러지며 비탈을 올랐다.

30여 미터쯤 올랐더니 작은 산등성이다. 산등성이에는 햇빛이 들었지만 크고 작은 나무들이 군데군데 진을 치고 있고, 곳곳에 쓰러진 고목들이 나뒹굴고 있었다. '그냥 내려갈까?' 망설이다 마저 올라가보기로 했다. 얼마쯤 올랐을까, 지난번 노인이 알려준 좁은 산길이 나타났다. 정상이 눈앞에 보였다.

올라온 산비탈을 뒤돌아보았다. 낙엽과 부엽토를 치우고 작은

오두막과 소나무 한 그루

잡목 가지를 꺾으면 산길이 될 것 같았다. 다음 날 정자 처마에 끼워놓은 청소용 싸리빗자루를 빼어 들고 어제 올랐던 산비탈을 다시 오르기 시작했다. 두 번째 올라서 그런지 처음보다 훨씬 수월하게 정상에 도달했다.

정상에서 잠시 휴식을 취하고, 올라온 길을 되돌아 내려오며 싸리빗자루로 낙엽을 쓸어내기 시작했다. 낙엽이 쓸려나간 자리는 까만 부엽토가 드러나 마치 산길 같았다. 정자까지 낙엽을 쓸고 잔가지를 꺾으며 내려오니 두 시간이 훌쩍 넘었다. 가쁜 숨을 몰아쉬며 정자 벤치에 앉아 낙엽 쓸고 내려온 산비탈을 올려다보았다. '뭐 이렇게까지 하지?' 괜히 헛웃음이 나왔다.

그다음부터는 무조건 새로 만든 길을 오르내리며 발자국을 남겼다. 대여섯 번 오르내렸더니 어느새 산길처럼 다져졌다. 그런데 재미있는 건 중턱에서 운동하시던 분들이 내가 만든 새 길을 오르내리는 것이었다. '어떻게 알았지?' 신기했다. 그렇게 한 달이 지났을까, 새 길은 제법 틀이 잡혔다.

내친김에 집 창고에 있던 삽, 곡괭이, 톱을 차례로 들고 나섰다. 산비탈의 경사진 길을 평평하게 만들고, 가파른 곳은 계단

식으로 흙을 파낸 다음 넘어진 고목을 잘라 옆으로 치워 길을 넓힐 요량이었다. 그렇게 며칠 작업했더니 제대로 된 등산길 모양으로 가다듬어졌다. 대신 자발적 노동에 허리는 끊어질 듯했고, 통증은 보름 이상 계속되었다. 자업자득, 누굴 원망하랴.

그런데 새로 생긴 길을 어떻게 알았는지 제법 많은 분들이 그 길을 오르내렸다. 참 흥미로웠다. 내가 만든 새 길은 익숙한 등산길에 비해 조금 어설프다. 계단도 난간도 없다. 다만 정상까지 돌아가지 않고 오르막과 내리막이 없으니 빠르고 편리하긴 하다. 거기다 사람 손 타지 않은 숲속이라 분위기도 남다르다.

'그래, 사람들이 꼭 익숙한 길만 고집하지는 않는군. 조금 어설퍼도 빠르고 편리하면 새로운 길을 선택하는군.' 심심풀이 작은 시도였으나 의미 있는 깨달음을 얻었다. 비약 같지만, 우리 건설도 익숙한 길만 고집하지 말고 새로운 길을 내고 그 길로 과감하게 전진해서 건설선진국 정상에 올랐으면 좋겠다. 우공이산(愚公移山)이란 말도 있지 않은가?

2021. 6. 28.

오두막과 소나무 한 그루

●

동시대(Contemporary)
평가에 대해

4,500년 전 피라미드를 건설한 이집트 쿠프왕은 2,000년 후 그가 잠든 피라미드를 그리스 헤로도토스가 파르테논 신전, 바빌론의 공중정원 등과 비교하며 세계 최고의 건축물이라 칭송할 줄 몰랐을 것이다. 쿠프왕은 그저 그가 죽은 후 신의 경지에 오를 수 있다는 그 시대의 믿음으로 하늘과 가장 가까운 곳에 묻히길 원했고, 그것을 위해 그가 가진 권력을 최대한 활용했을 따름이다. 그 시대에 그것은 지극히 당연한 것이었다.

2,400년 전 그리스의 3대 비극 작가들은 2,000년 후 영국 셰익스피어에 의해 그들의 작품세계가 계승될 줄 몰랐을 것이다. 그저 그들은 민주주의가 태동하며 자유로운 상상으로 가득했던 도시국가의 생활상을 묘사한 것이고, 그 시대 관중들을 열광시

켰을 뿐이다. 또 셰익스피어는 본인이 400년 후 인류 역사상 최고의 극작가로 칭송될 줄 상상이나 했겠는가? 그는 그저 그 시대를 섬세하게 그려냈을 따름이다.

2,500년 전의 석가모니나 공자는 2,500년 후까지 그들의 사상과 철학이 계승될 줄 몰랐을 것이고, 2,200년 전 진시황은 그가 통일한 중국이 곧바로 멸망하리라 꿈도 꾸지 않았을 것이다.

또한 2,000년 전 금관가야의 김수로왕은 그의 자손들이 김해 김씨로 번성하여 최다 성씨를 차지하게 될 줄 짐작하지 못했을 것이고, 세종대왕은 500년 후 그가 창제한 한글이 세계 최고의 문자로 평가받을 줄 예상하지 못했을 것이다. 그저 그들은 그 시대에 최선을 다했고, 그 시대에 빛났던 것이 전부였다.

우리는 그 시대를 현재(Present)와 비교하며 구시대(Old Age)라 일컫는다. 그런데 그건 착각이다. 정확히 말하면 그 시대는 동시대(Contemporary)라 부르는 게 맞다. Contemporary는 사전적으로 Same Age(당대) 또는 Modern(현대)을 의미한다.

왜 과거(Past)를 구시대가 아닌 동시대라고 해야 하는가? 4,500

년 전은 4,500년 전의 관점에서, 2,000년 전은 2,000년 전의 관점에서, 500년 전은 500년 전의 관점에서 평가하는 게 옳기 때문이다. 시대에 따라 사상과 관례는 변화할 수밖에 없다. 과거의 사상과 관례가 지금과 다르다고 구시대를 현재와 비교하는 것은 무리다. 그 시대 환경에서 최선을 다했고 빛이 났다면 그 자체로 인정해주어야 한다.

쿠프왕은 그 시대에 충실했을 뿐인데, 현재 기준으로 그가 권력을 남용했다고 비난할 것인가? 공자는 춘추전국시대의 혼란을 극복하기 위해 인과 예를 따를 것을 주장했는데, 현재의 기준으로 MZ세대 의식과 다르다고 평가절하할 것인가? 그렇지 않다. 그 시대에 최선을 다했고 그 시대에 빛났으면 그것으로 충분한 것이다.

세종대왕은 한글을 창제하며 엄청난 반대에 부딪혔고, 한글은 오랜 세월 빛을 보지 못하다가 20세기 들어와서야 활짝 꽃을 피웠다. 그렇다고 세종대왕에 반대한 세력들을 비난할 것인가? 그렇지 않다. 그들도 그 시대에 최선을 다한 것이다. 동시대에 대한 평가는 후대의 몫이다. 다만 후대의 평가는 영원하지 않다. 상황에 따라 얼마든지 변할 수 있다.

동시대의 행위 중 빛나지 않는 사례도 많다. 대체적으로 독재 권력, 전체주의 권력하에서 인류 역사는 불행했다. 정복전쟁에서 항복하지 않으면 몰살시켰던 징기스칸, 홀로코스트의 히틀러, 정적을 무자비하게 탄압했던 스탈린이나 김일성 등은 동시대를 암흑으로 탈바꿈시켰다.

요즘 우크라이나를 침공한 푸틴의 광기도 이에 속한다. 어디 푸틴만인가? 종신집권을 꿈꾸는 시진핑, 터키의 에르도안, 북한의 김정은도 마찬가지다. 이들 외에도 현재 진행 중인 동시대의 저평가 진상들은 징글징글하게 많다. 이들은 동시대의 빛을 가리고 있다.

정치 분야와는 다르게 과학기술 분야에서 동시대의 활약은 언제나 빛을 발한다. 결코 사그라드는 법이 없다. 고대 그리스의 피타고라스, 아르키메데스로부터 고대 인도와 중세 아랍의 과학자들, 근세 들어 유럽에서 무수히 등장한 뛰어난 과학자들, 그중 영국 아이작 뉴턴의 프린키피아는 그 시대 최고였다. 그의 이론은 현대에 와서 아인슈타인의 상대성이론에 의해 수정되었다. 그렇다 보니 뉴턴의 이론이 잘못된 것이라며 평가절하하는 무뢰한도 있다. 그래서는 안 된다.

뉴턴은 그 시대에 최선을 다한 것이고, 동시대를 밝게 빛냈으며, 후대에 깊은 영감을 주었다. 그것만으로도 그는 동시대 최고였다. 뉴턴은 동시대 평가가 얼마나 중요한지 깨닫게 하는 매우 상징적인 인물이다. 아인슈타인의 이론도 언젠가 수정될 것이다. 아니, 그래야만 한다. 그렇게 인류는 발전하는 것이다. 아인슈타인 역시 뉴턴처럼 동시대 최고의 과학자로 기억될 것이다.

이따금 디스커버리 채널의 'How to Work Universe'라는 프로그램을 시청하다 보면 시간관념이 무뎌질 때가 많다. 출연하는 천체물리학자들의 시간 단위는 최소 광년이다. 예컨대, 태양과 가장 가까운 항성인 프록시마까지 거리가 4.22광년으로 약 40조㎞ 떨어져 있는데, 지금의 우주선 속도로 11만 년 걸린단다.

이건 약과다. 우리 은하의 중심 궁수자리 'A스타'까지는 27,000광년 거리고, 우리 은하와 가장 가까운 안드로메다 은하는 250만 광년 떨어져 있으며, 허블로 관측된 가장 먼 은하는 130억 광년 떨어져 있단다. 도무지 시간과 거리를 분간할 수 없다. 더 나아가 태양은 60억 년 후에는 초신성 폭발로 사라질 것이고, 40억 년 후쯤 지구는 팽창된 태양에 흡수되며 잡아먹힌단다. 결국 최대 40억 년 후에는 인류도 영원히 사라질 터다. 아니 1백 년 후, 1천 년 후도 예상 안 되는데 40억 년 후라, 거기까지 걱정해야 되나?

우리가 우리의 자손들을 몇 대까지 돌볼 수 있을까? 아마 증손자까지가 최선이 아닐까 싶다. 그나마도 증손자쯤까지 가면 우리가 그들을 돌보기보다 그들이 우리를 돌볼 가능성이 높다. 증손자로 따지면 대략 칠팔십 년 터울이다. 그렇다면 1백 년 후를 예견하고 대비하는 것은 무리다.

정성을 다해 우리 자식과 손자까지 사랑으로 돌봐주는 것이 최선일 듯싶다. 그렇다면 우리의 동시대는 이제 이삼십 년밖에 남지 않은 셈이다. 남은 시간 최선을 다하며 긍정적으로 영향을 주면 된다. 그것이 쉬운 일인가? 그렇지 않다. 시간의 흐름 속에서 최선을 다한다는 것, 보통 일이 아니다. 남은 시간이 짧아지는 만큼 기력은 쇠하므로 더욱 힘에 부칠 것이다.

젊은 시절, 건설은 시스템과 절차와 법·제도만 제대로 갖춰지면 잘 굴러갈 줄 알았다. 그런데 이제 와 돌이켜 보니 꼭 그렇지는 않은 것 같다. 아마 건설이 다양한 사람들과 기술들이 어우러지는 장이라 그럴 것이다. 그럼에도 시스템과 절차라는 화두를 놓아서는 안 된다. 그 화두가 건설의 발전과 미래를 담보하기 때문이다. 건설은 환경에 매우 민감하다. 따라서 동시대의 접근 방법은 특히 중요하다. 동시대 최선의 기술과 기법, 시스템과 절차, 법·제도를 찾아내야 한다.

미래에 어떻게 될지는 후대가 다룰 문제다. 지금 당장 건설현장의 문제들을 해결하는 동시대 최선의 방안을 찾아내는 데 집중해야 한다. 한쪽의 목소리, 한 방향의 쏠림을 경계하며 동시대의 다양한 목소리에 귀 기울인다면 결국 우리 건설도 동시대에 빛을 발하게 될 것이다.

2022. 5. 30.

2

건설산업

●

팀 추월 경기의 교훈,
건설의 꼴찌를 배려하자

　지난겨울 2018년 평창 동계올림픽이 성공적으로 마무리되었다. 올림픽이 개최되기 전 북한 리스크로 인해 과연 올림픽이 정상적으로 개최될지, 개최가 되면 흥행에 성공할지 모두가 불안해했다. 그런데 결과는 보기 좋은 대성공이었다.

　성공의 단초는 개최가 얼마 남지 않은 시점에서 북한에서 대표단과 선수단을 보내겠다는 제안에서 비롯되었다. 결국 대회기간 동안 김여정, 김영남, 김영철을 비롯한 북한의 고위급 사절단이 경기장을 찾았고, 남과 북은 몇몇 종목에서 한 팀을 이루어 승부를 떠나 하나 된 모습을 보여주었다.

　사실 동계 스포츠 종목에서 남한과 북한의 경기력 차이는 거

　　　　　　　　　　　　　　오두막과 소나무 한 그루

의 하늘과 땅 차이 수준이다. 남한은 지난 몇 차례 동계올림픽에서 수많은 금메달을 따내며 동계 스포츠 강국의 반열에 올라섰지만, 북한은 갈수록 뒤처져서 동계 스포츠에서 존재감조차 희미해진 상태였다. 누가 보아도 한 팀이 될 수 없는 처지였다.

그럼에도 불구하고 남과 북은 하나의 팀으로 꾸려져 함께 혼신의 노력을 다했다. 비록 경기 결과는 만족스럽지 않았으나 나름 큰 감동을 안겨주었다. 정치적, 경제적, 사회적으로 너무나 이질적이며 멀게만 느껴졌던 남과 북, 그러나 같은 핏줄이라는 강력한 이끌림이 눈물을 짜도록 만들었다.

그런데 동계올림픽기간 중 누구도 예상하지 못했던 황당한 사건이 벌어졌다. 바로 스피드 스케이팅 여자 단체 추월 경기였다. 단체 추월 종목은 3명의 선수가 한 팀을 이루어 상대 팀과 기록을 다투는데, 3명 중 맨 마지막에 들어온 선수의 기록으로 승부를 가르는 경기이다. 따라서 한 팀을 이룬 3명의 선수는 경기 중 계속해서 앞뒤로 번갈아 이동해가며, 마지막 선수의 기록을 끌어올리는 게 승부의 핵심이다. 세 명의 선수가 한 팀이 되는 참으로 아름다운 종목이었고, 올림픽 정신을 제대로 구현하는 경기였다.

대한민국에서는 김보름, 박지우, 노선영을 한 팀으로 묶어 출전시켰다. 그런데 어찌 된 영문인지 우리 팀은 3명이 함께 달리지 않았다. 김보름과 박지우는 한참 앞서 달려 나갔지만 노선영은 계속해서 뒤처졌다. 결국 뒤늦게 결승선을 통과한 노선영으로 인해 패배하고 말았다. 나중에야 밝혀졌지만 대한민국 3명은 한 팀이 아니었다. 선수단 내분으로 인해 노선영을 왕따시켰던 것이다.

팀으로 승부를 결정짓는, 가장 올림픽다운 경기에서 있을 수 없는 일이 벌어졌던 것이다. 올림픽이 끝난 후 대한민국 선수단 내부의 파벌과 암투의 실상이 하나씩 밝혀지기 시작했으며, 별것 아닌 한 줌의 권력에 눈이 멀어 전체를 보지 못하고 자신의 이익에만 함몰되었던 몇몇은 책임을 지고 자리에서 물러나고 말았다.

우리나라 건설은 어떠한가? 건설은 워낙 다양한 사람들이 어울리며 만들어가는 분야다. 거의 모든 산업 분야의 전문가들, 다양한 개성을 가진 수많은 사람들이 모여든다. 그래서 다양한 악기가 어울리고 조화되는 과정을 통해 아름답고 웅장한 선율을 만들어가는 심포니 오케스트라에 건설을 비유하기도 한다.

오두막과 소나무 한 그루

심포니 오케스트라라는 한 팀이다. 그렇다면 건설도 한 팀인 것이다. 한 팀이 어울리기 위해서는 각자의 역할에 충실해야 하지만 상대방을 살펴보며 호흡을 맞추어가는 것도 중요하다. 건설에서도 마찬가지다. 자신이 속한 분야에서 최선을 다해야겠지만, 주변을 살펴보며 혹시 다른 개성을 가지고 다른 목소리를 내는 사람들이 무슨 이야기를 하는지 주의 깊게 듣는 것도 중요하다. 특별히 뒤에 처지는 분야나 사람들은 없는지 늘 신경 쓰는 것이 한 팀인 것이다.

그런데 선진국의 반열에 올랐다는 대한민국에서, 건설 분야에서만큼은 웬일인지 건설선진국이라는 말을 꺼려한다. 왜 그럴까? 건설선진국이라는 말에 아직 공감하지 못하기 때문일 것이다. 어느 분야나 앞서가는 사람들이 있게 마련이다. 그들은 대체적으로 그 분야의 정책이나 법·제도를 이끄는 그룹이다. 그 그룹의 영향력은 막대해서, 전체 산업의 운명을 좌지우지한다고 해도 과언이 아니다.

그러므로 그러한 그룹에는 다양한 분야의 전문가들이 모여야 하고, 다양한 목소리가 존재해야 하며, 한 팀으로 묶을 강력한 연대의식이 상존해야 한다. 강력한 연대의식은 엄청난 격차가 존재하는 남과 북을 어울리게 하고, 팀 추월에서 서로의 순서를 바꾸어가며 마지막 선수를 보호하게 하는 배려인 것이다.

그런데 우리나라 건설의 선두에 서 있는 그룹은 다른 산업의 최첨단 기술들인 인공지능(AI), 3D 프린팅, 빅데이터, 자동화 등 IT기술과 최첨단 공법들에만 몰두하는 전문가들이 과하게 많은 듯하다. 건설정책에서도 대형 건설업계, 대형 엔지니어링업계, 대형 설계업계의 이익 보호가 우선인 듯하고, 휘황찬란한 미래의 건설만을 주장하는 건설미래학자들로만 가득 채워져 있는 느낌이다.

우리는 건설선진국, 특히 스웨덴을 비롯한 북유럽 국가들의 건설업에 주목한다. 그 나라들은 대형 건설회사에 근무하든, 지방 소도시에서 벽돌을 쌓든, 누구도 직업의 귀천을 따지지 않으며 삶의 질에 대한 차별도 느끼지 않는다. 그야말로 위아래, 좌우가 한 팀이 되는 것이다. 우리 건설업도 그랬으면 좋겠다. 서울 대형 건설회사에서 공사관리를 하는 팀장이나, 지방 소도시에서 돌 붙이는 석공이나, 서로를 존중하고 서로를 이해하며 보조를 맞추는 그런 분위기가 넘쳐났으면 좋겠다.

오두막과 소나무 한 그루

몇 해 전 직접 집을 지어보았다. 조그만 상가주택이라 대형 건설업체 직원들을 만날 기회는 전혀 없었고, 건설의 최하층을 이루는 노무자들과 함께 일해보았다. 물론 35년 전 현장 분위기와는 많이 달랐으나, 여전히 근무환경이 안정적이지 못해 삶의 질은 별로 나아지지 않은 것처럼 보였다.

나는 우리 건설이 발전하기 위해, 아니 우리 건설이 선진국으로 발돋움하기 위해 건설의 최하층을 반드시 배려해야 한다고 생각한다. 그들이 만족하고 안정적이라고 느낄 때 우리나라 건설은 더욱 든든해질 것이며, 진정한 건설선진국이 될 것이라 굳게 믿고 있다.

휘황찬란한 정책이나 최첨단 건설기술을 주장하는 건설미래학자도 필요하다. 그런데 건설 선두그룹의 전문가들 대부분이 그런 분들로 채워져서는 곤란하다. 건설의 꼴찌를 되돌아보고, 그들을 배려하고, 그들이 따라올 수 있는 정책과 기술을 고민하는 분들도 많이 포함되었으면 좋겠다.

2018. 9. 18.

●

남과 북의 평화협상,
우리에게 시간적 여유를 주고 있다

여전히 갈 길은 멀어 보인다. 그래도 7·4 공동성명 이후 가장 희망을 부풀게 하는 상황이 전개되고 있다. 네 차례 북한을 방문했던 미국 국무장관 폼페이오가 김정은 위원장을 만나 2차 북미정상회담에 대한 의견을 조율했다고 한다. 뭔가 조금이라도 진전되었길 바란다.

지난주 금요일 TV조선의 시사토론 프로그램을 잠시 보았다. 이미 토론이 중반쯤 진행된 것 같았는데, 3차 남북정상회담에서 합의한 군사합의서에 대해 두 분의 군사 전문가들이 한 치의 양보 없이 대립하는 모양새였다. 군사합의서에 찬성하는 의견을 듣다 보면 고개가 *끄떡여지다가도* 반대 의견을 가진 전문가의 날카로운 지적에 다시 고개가 *끄떡여지기*를 반복했다. 접점을 찾지 못하는 충돌과 대립 그 자체였다.

이제까지 남과 북의 문제는 늘 그래왔다. 다 된 것 같다가도 한방에 도로아미타불이 되어버리는 모래성처럼, 아마 이번에도 그렇게 되지 않을까 여간 불안한 게 아니다. 결국 불신이다. 서로가 서로를 믿지 못하는 것이다. 남과 북이 믿지 못하고, 보수와 진보가 믿지 못하며, 미국과 북이 믿지 못하는 것이다. 불신의 거대한 돌덩어리가 희망의 산등성이를 넘어서지 못하는 것이다.

대한민국의 건설은 늘 어렵다고 한다. 좋았던 적이 아득하기만 한데, 요즘 더욱 어렵다고 한다. 이제까지 건설경기를 그럭저럭 지탱해주던 아파트 건설도 내년에는 주춤해질 거라며 걱정이 태산이다. SOC투자가 한계에 다다른 조그마한 땅덩어리에는 새로운 돌파구가 필요해 보인다.

남과 북이 평화롭게 왕래하며 투자가 이루어져, 건설이 안심하고 북의 땅으로 진출하는 시나리오가 그중 하나이다. 아마 실현되기 쉽지 않을 것이고, 한낮의 공허한 꿈일지 모른다. 그래도 꿈은 꾸어야 한다. 꿈은 씨앗이 되어 오랜 시간 머무르다 보면 결국 열매를 맺기 때문이다.

북에 언제쯤 진출할 수 있을지 알 수 없지만, 우리에게 준비할 여유가 있어 다행이다. 준비의 첫 단추는 북이 남한의 건설시스템과 건설업체들을 쉽게 받아줄지 여부에서 시작될 것 같다. 그런데 그게 쉽지 않아 보인다.

북도 나름의 건설시스템을 갖추고 건설인력을 보유하고 있는데, 그들의 관행을 단박에 바꿀 수 없을 것이기 때문이다. 또한 우리가 파이낸싱을 일으켜 들어간다 해도 중국 자본, 러시아 자본, 미국 등 서구 자본들을 앞세운 외국 건설업체들과 경쟁해야만 할 것이다. 그런데 그런 경쟁에서 이길 수 있을까? 우리가 외국 건설업체들을 이길 만한, 차별화된 한 방을 갖고 있는가? 아마 북과 같은 핏줄이라는 것 말고는 특별히 나을 게 없어 보인다.

우리 건설업은 여전히 하도급업체들을 저가로 내몰고 있으며, 건설노동자들 삶의 질은 별반 나아진 게 없다. 이런 현실을 당연시하진 않지만, 개선하려는 노력도 미미하다. 건설현장의 관리체계는 삼사십 년 전과 크게 달라지지 않은 것처럼 보인다.

오두막과 소나무 한 그루

여전히 노가다 냄새가 물씬 풍긴다. 해외 건설현장의 외국인 사무공간처럼 뭔가 계획적이고 체계적이며 신사적인 분위기는 아니다. 건설의 소프트웨어가 여전히 하드웨어에 가려져 있는 것이다.

우리 건설업의 경쟁력은 더 이상 하드웨어 발전에만 기대서는 안 된다. 건설의 소프트웨어가 발전하고 선진화되어야 한다. 일례로 우리 건설시스템에서 CM/감리업체는 여전히 건설업체가 만든 CPM공정표를 검토하고 승인하는 역할만 한다. 그리고 극소수 대형 건설업체들을 제외하고 대부분의 건설업체들은 CPM공정표 작성을 외부에 맡긴다.

까짓것 CPM공정표 하나 외주 주는데 뭐가 대수냐고 헛웃음 칠지 모르지만, 삼십 년 전 우리 선배들은 CPM공정표를 직접 작성했고 후배들에게 가르쳐주었다. 번거롭다며 CPM공정표를 작성하지 않는 건설업체, 법규에 명시되지 않았다며 CPM공정표 검토만 하는 CM/감리업체, 이것이 우리 건설업의 민낯인 것이다.

건설선진국에서는 CM/감리업체가 CPM공정표를 직접 작성해서 건설업체에게 넘겨주고, 건설업체가 직접 CPM공정표를 작성해서 CM/감리업체에게 넘겨주는 것을 당연시한다. 왜 그렇게 하는가? CPM공정관리는 공사관리의 골격이기 때문이다. 공정관리는 체계적이고 논리적이며 반복적이어서 때론 번거롭고 짜증나지만, 서로 미루어야 할 사안이 아니기 때문이다.

우리 건설업체들이 해외 건설공사에서 실패한 주요 원인 중 하나가 부실한 공정관리 때문이라 한다. 최근 국내 건설공사에서도 발주자와 건설업체 간 공기지연 책임공방은 더욱 빈번해지며 치열해지고 있다. 우리 건설업이 터닝포인트에 가까워지고 있다는 징표이다.

우리 건설시스템 전체를 다시 살펴보고, 우리 건설업이 어디쯤에 와 있고 어디로 가고 있는지 심각하게 되짚어볼 때인 것이다. 북이 동족이라는 끈끈함만으로 우리를 배려하진 않을 것이다. 제대로 된 선진 건설시스템을 갖추었을 때, 북의 건설시장에 당당히 진출해서 경쟁할 수 있을 것이다.

남과 북의 평화협상은 여전히 불확실하다. 그러나 언젠가 반드시 평화가 찾아올 것이다. 지금의 잰걸음이 어쩌면 다행일지

모른다. 우리의 건설업이 제대로 준비할 시간, 새롭게 시스템을
갖출 여유를 주고 있기 때문이다.

2018. 10. 18.

●

국내 건설관행,
글로벌 스탠다드에 맞게 변화해야 한다

참으로 어이가 없었다. 돌아가면 잘린다는 것이다. 사막의 모래폭풍 속에서 제대로 쉬지도 못하고 공사를 마무리했건만, 적자 현장이라며 귀국하면 모두 잘린다고 했다. 나 역시 귀국하자마자 곧 대기발령을 받았고, 함께 고생했던 직원들 대부분은 귀국한 다음 얼마 지나지 않아 퇴사했다. 33년 전의 일이다.

애당초 수주를 잘못했고 설계승인을 받지 못해 지연된 것을 죽도록 고생했던 시공팀 탓으로 돌린 것이다. 폭탄 돌리기도 아닌데 말이다. 비록 적자 현장이었지만 유럽 감독관의 까다로운 인스팩션에 시달리며 수없이 재시공했고, 생전 처음 보는 두꺼운 시방서와 절차서를 읽고 이해하느라 생고생하며 많은 것을 배웠다. 그런데 회사는 적자였다는 이유로 해외에서 쌓은 경험

오두막과 소나무 한 그루

과 지식들을 미련 없이 내팽개쳤다. 내가 몸담았던 회사만 그랬던 게 아니고, 그 당시 대부분의 국내 건설회사들이 그랬다.

그리고 13년이 지났다. 그런데도 어이없는 일은 계속되었다. 해외 건설현장에서 근무했던 사람들은 계속 해외로만 돌아다녀야 한다는 것이다. 해외 경험은 국내 현장에 쓸모없기 때문이라 했다. 해외 현장에서 근무하다 보면 일단 외국어 능력이 향상되고, 국제 기준의 건설관행과 절차에 익숙해져, 높은 수준의 건설 소프트웨어 능력을 갖추게 된다. 그런데 제대로 훈련된 고급 인력들을 국내에선 필요 없다며 해외로 내몰았다. 국내 현장에 남고 싶으면 해외 경험은 잊어야 했다. 왜 그렇게까지 국내 건설 관행을 철벽 방어하려 했을까? 물론 모든 건설회사가 그렇진 않았을 것이다.

또다시 15년이 흘렀다. 지금으로부터 딱 5년 전이다. 동남아 선진국에서 심포지엄이 열려 참석했는데, 마침 국내 대형 건설회사 중 하나인 A건설이 짓는 B병원 건설현장을 방문할 기회가 있었다. 그 현장에서는 이미 적지 않은 손실과 상당한 공기지연이 발생하고 있었다. 그런데 그 현장에서 영어를 제대로 구사하는 직원이 없어, 이미 은퇴한 해외 건설 유경험자를 임시로 채

용해 감독관들과 소통하고 있었고, 감독관이 요구하는 수준의 공정관리는 아예 엄두가 나지 않아 용역계약을 통해 임시방편으로 대처하고 있었다.

과거에 그 많던 해외 건설 유경험자들은 과연 어디로 갔단 말인가? 너무나 안타까워 가슴이 먹먹해졌다. 결국 그 현장은 공기를 많이 지연시켰고 적자는 눈덩이처럼 불어났다. 해외 건설 선배들 대부분이 은퇴했고 후배들마저 해외 근무를 외면한 탓인 듯싶었다. 물론 그 현장이 모든 국내 대형 건설회사의 해외 현장을 대표하지는 않는다. 수많은 해외 건축현장 중 하나이고, 나의 개인적 경험에 불과할 수 있다.

미국은 다민족국가다. 전 세계 민족들의 다양한 문화들이 하나로 녹여지는 거대한 용광로 사회다. 미국은 치밀하게 준비된 체계와 절차에 따라 움직인다. 아마 민족과 문화적 배경이 다른 다양한 사람들이 어울리다 보니 그렇게 할 수밖에 없을 것이다.

그런데 오늘날 세계는 미국이 만든 시스템 속에서 움직이고 있다. 아마 전 세계가 함께 움직여야 하니 미국이 만든 시스템이 적합해서인지 모른다. 미국의 건설 프로세스 역시 세밀하게

오두막과 소나무 한 그루

정의된 절차와 체계 속에서 진행된다. 당연히 건설관리라는 소프트웨어가 발전할 수밖에 없는 구조이다. 그런 미국의 건설시스템과 관리체계가 글로벌 스탠다드로 되어가고 있다. 단일민족이자 유교적 사고와 군대문화가 혼재하는 우리에게는 당연히 낯선 시스템이다.

우리의 건설 선배들은 70년대부터 중동의 뜨거운 사막에서 미국의 하청업체로 일하며 그들의 시스템을 경험했다. 특유의 성실함과 끈질김으로 악착같이 배웠다. 그런데 그분들은 지금 어디에 계시는가? 눈에 잘 띄지 않는다.

해외 건설이 호황이던 시절, 우리나라 경제도 발전하며 국내 건설경기 역시 호황이었다. 굳이 해외 건설체계를 따라 하지 않아도 우리만의 건설관행으로 충분히 먹고살 수 있었다. 사방팔방에 아파트 짓고 도로 뚫는데, 해외 자본이나 선진화된 건설 소프트웨어는 필요하지 않았다. 우리 식대로 하면 그만이었다.

일본은 참으로 희한한 나라다. 우리와는 많이 다른 것 같다. 대체 속내를 알 수 없지만 잘 뭉치고, 해외 문물을 받아들이는 오픈마인드는 대단하다. 명치유신 이후 일본이 비약적으로 발전한 이유가 서구 문물에 대해 매우 개방적이었고, 그것들을 잘 소화했기 때문이라고 한다.

일본은 빈번한 자연재해 때문에 건설기술과 공법이 특히 발달했다. 반면 건설관리체계는 미국과 비교하면 상대적으로 허술하다. 그럼에도 건설현장은 톱니바퀴처럼 잘 돌아간다. 아마 민폐 끼치지 않는 일본 특유 문화의 영향인 듯싶다. 문서화된 계약이나 절차보다 신의에 의한 약속 이행이 몸에 배어 있기 때문이리라.

우리나라 건설은 어떠한가? 일본의 경제 호황기에 일본 건설을 많이 벤치마킹했다. 덕분에 건설기술이나 공법에만 치중했고, 건설 소프트웨어는 상대적으로 등한시했다. 물론 우리가 건설 소프트웨어 발전에 노력하지 않은 것은 아니다. 한때는 우리도 건설관리 도입과 혁신의 열정으로 가득했다.

그런데 결과는 잘 보이지 않는다. 여전히 국내 건설관행에 가려져 있는 것이다. 몇몇 회사에서 해외 선진 건설관리체계를 도입해 성공한 사례를 발표하기도 했다. 그런데 왜 그런 성공

사례들이 건설산업 전반으로 확산되지 못하는가? 답답할 따름이다.

우리나라 해외 건설은 어느 때부터인가 플랜트에 집중되어 있고, 건축·토목은 여전히 고전 중이다. 국내 건설경기가 안 좋으면 해외에서 활로를 모색해야 하는데, 국내에서만 살려달라고 아우성이다. 국내 건설경기가 건설업체들의 운명을 좌지우지하고 있는 것이다.

우리 건설이 세계 경제체계 내에서 생존하려면 국내 건설관행을 글로벌 스탠다드에 맞도록 변화시키고, 거기에 익숙해져야 한다. 자유경쟁과 창의성을 방해하는 법·제도들은 국제 기준에 맞게 정비하고, 최적화된 업무설계와 시스템적 업무처리가 보증되어야 한다. 비용관리, 공정관리, 품질관리, VE, 위험관리와 같은 건설 소프트웨어 능력도 건설선진국 수준으로 끌어올려야 한다. 서두른다고 해서 변화가 벼락 치듯 이루어지지는 않는다. 지난 세월 소홀했던 해외 건설 경험들을 차분히 수집하고 정리하는 것부터 시작하자.

모든 일에 늦는 것이란 없다. 이제라도 글로벌 스탠다드를 향해 나아가면 된다. 잘 안 된다고 제자리로 되돌아오진 말자. 인내심을 갖고 끈질기게 도전하면 해낼 수 있다. 해외에서 헌신했던 우리 선배들처럼 말이다.

2018. 12. 6.

●

인공지능과
건설업

　바둑은 가로세로 각각 열아홉 줄로 그어진 바둑판에서 무한대에 가까운 경우의 수로 맞서는 승부다. 바둑을 둔 기록이 기보(棋譜)인데, 오랜 세월 축적되어왔다. 인공지능(AI) 알파고(Alphago)는 방대한 기보들을 머신러닝과 신경과학 기반 알고리즘으로 스스로 학습해서 바둑 고수들을 줄줄이 완패시켰다. 구글 딥마인드의 데미스 허사비스는 알파고와 인간의 대결은 더 이상 의미 없다고 했다. 갑자기 영화 터미네이터가 현실로 다가오는 느낌이다.

　세상은 이제까지 그래왔듯 계속 변화하며 발전해갈 것이다. 이 시대는 인공지능을 포함한 IT기술이 4차 산업혁명을 이끌고 있다. 앞으로 세상은 어떻게 변할 것인가? 기대만큼 두려움도

크다. 알파고가 인간의 한계를 뛰어넘는 것을 목격했기 때문이다. 스티븐 호킹, 일론 머스크 등 일부 학자와 사업가들은 통제되지 않은 살인 AI를 우려한다. 자칫 인류문명이 끝날 수 있기 때문이다.

그래선지 일론 머스크는 인간을 화성으로 이주시키겠다며 '화성 이주 프로젝트'에 열정적이다. 참으로 대단한 젊은 사업가다. 그런데 조금 달리 생각하면 인간보다 AI 기계인간이 화성에 가는 게 훨씬 낫지 않을까? 산소와 중력이 없는 혹독한 환경에서도 기계는 작동할 수 있기 때문이다. 지구를 벗어나면 나약하기 그지없는 인간보다 인공지능을 갖춘 기계가 화성에 정착해서 인간이 살 수 있는 환경을 만든 다음, 인간을 이주시키는 게 올바른 순서 같다. 그렇다면 화성 환경을 인간에 맞게 변화시킬 AI 기계인간은 꼭 필요해 보인다.

더구나 우주 저 먼 곳, 지구와 닮은 행성을 찾아가는 여정에는 수백 년의 시간이 소요된다. 인간이 도저히 감당할 수 없는 수준이다. 만약 AI 기계인간에게 인간의 냉동된 DNA를 가져가게 해서 지구와 닮은 행성을 찾아내 인간이 살 수 있는 환경을 만든 다음, 그곳에 인간의 DNA를 퍼뜨리게 하면 어떨까? 인간이 지구를 떠나 우주로 뻗어 나가는 데 인공지능은 매우 유용해 보인다.

그런데 지구에서도 그런가? 인간들을 모두 실업자로 만들거나, 기계가 만든 물건과 서비스를 소비하는 존재로 전락시킬 수 있다. 지나친 기우일까? 아무쪼록 지구는 사람 냄새 물씬 풍기는 행성으로 온전히 남았으면 좋겠다.

일부 학자들은 인공지능이 인간의 모든 능력을 능가하긴 쉽지 않을 거라 한다. 인간의 뇌에 대한 연구가 아직 미진하기 때문이다. 인간 뇌의 작동원리도 잘 모르는데, 그것을 기계에서 완벽하게 구현하긴 불가능하다는 주장이다. 인공지능은 여전히 인간의 활동을 보조하는 수준에 그칠 거라며 안심시킨다. 그 말이 맞는지 모르겠으나, 그나마 다행이다.

인공지능 알고리즘은 산업 전반에 걸쳐 활발하게 도입되고 있다. 자동차의 자율주행기능이 대표적이다. 이제 운전자는 운전에 스트레스 받지 않고, 운전석에 앉아 신문을 보거나 인터넷을 검색할 수 있단다. AI 전문가들은 인공지능이 운전을 대신하게 되니 운전자는 다른 업무를 볼 수 있다며 장점을 부각시킨다.

그런데 인공지능이 인간의 운전기능을 빼앗아 인간을 무력화시키는 건 아닌지 우려된다. 차가 고장이라도 나면 어쩌란 말인가? 모든 차가 자율주행차가 아닐 텐데, 차라리 충돌방지, 차선이탈방지 등 인간의 운전을 보조해주는 정도가 낫지 않을까? 착잡하고 혼란스럽다.

건설업에서도 인공지능 도입이 점차 확대되고 있다. 건설선진국에서는 인공지능을 활용한 건설기술들을 활발하게 연구하고 있으며, 실제 적용된 사례들도 많다고 한다. 그런데 인공지능을 도입하기 위해 가장 중요한 전제는 마치 기보와 같은 정확한 데이터의 축적이다. 그래야 인공지능을 학습시킬 것 아닌가?

그런 측면에서 보면 건설업에서 인공지능 도입이 가장 용이한 부문은 설계/엔지니어링 분야가 아닐까 싶다. 도면과 계산서는 매우 정확하게 축적된 데이터이기 때문이다. 더구나 AI가 새로운 그림을 창작하는 수준까지 도달했다니, AI에게 수많은 도면과 계산서를 학습시키면 인간을 능가하는 작품이 나올지 모른다.

그런데 시공 분야는 쉽지 않아 보인다. 시공은 반도체나 자동차 제조와 차원이 다르다. 다양한 직종의 인력, 자재, 장비 등이

동원되는 대규모 외부작업이기 때문이다. 더구나 국내의 경우, 회사 또는 현장마다 작업일지나 공정관리 기록이 다르고 정확하게 축적되지도 않았다. 이런 기록들을 AI에게 학습시키면 AI가 돌아버릴지 모른다.

또한 건설현장은 너무나 복잡하고 변수가 많아 현장작업을 대신할 AI로봇 제작도 쉽지 않아 보인다. 아마 영화 터미네이터의 로봇인간인 아놀드 슈왈제네거 수준은 되어야 할 것이다. 현장은 여전히 사람 중심일 수밖에 없다.

그럼에도 AI가 시공과정 전반에 광범위하게 적용되면 원가절감, 공기단축, 품질향상의 효과는 분명해 보인다. 그러기 위해 현장의 모든 데이터가 기보처럼 정확하게 기록되고 축적되어야 한다. 물론 현장의 역할이 중요하다. 현장 업무분장과 일처리 관행이 시대에 맞게 변해야 가능하다. CPM공정관리의 계획과 실적을 Activity별로 정확하게 기록하는 일에 먼저 익숙해지는 건 어떨까? 시작이 반이다.

2019. 6. 10.

4차 산업혁명과
건설의 공정성

2016년 1월, 스위스 다보스포럼에서 '4차 산업혁명'이 처음 소개되었다. 고작 4년 전이다. 4차 산업혁명에는 장밋빛 전망만 있는 것이 아니다. 인류의 미래는 한층 불확실해졌다. 인간의 한계를 뛰어넘는 인공지능(AI)과 정보통신기술(IT)들이 얼마나 발전해서 인간의 삶을 어떻게 변화시킬지 예측불가다.

모든 정보가 인터넷에서 실시간으로 공유되며, 수많은 주장과 의견들이 난무한다. 무엇이 옳고 그른지 헷갈린다. 극도의 개인주의가 팽배하며 전통적인 상식과 가치관이 흔들린다. 진정성에 대한 해석, 공정성에 대한 기준도 제각각이다. 이제 모든 산업은 익숙한 틀에서 벗어나 새로운 출발선에 설 것을 강요받고 있다. 건설업도 예외는 아니다.

오두막과 소나무 한 그루

IBM을 비롯한 글로벌 기업들은 인공지능을 이용해 이력서와 지원자의 소셜미디어 자료를 분석해서 성격이나 가치관을 파악하고, AI면접관이 화상채팅으로 지원자와 질의응답을 주고받으며 직무에 적합한 인재인가를 파악한다. 국내·외의 여러 기업에서도 AI면접관을 활용하고 있는데, 이는 모든 지원자에게 동일한 기준을 적용할 수 있고 면접관의 개인적 의견이 평가에 반영되지 않아 공정하기 때문이다.

최근 청년재단에서 취업준비생과 재학생을 대상으로 AI면접에 대한 인식을 조사하였다. 그 결과 취업준비생 58%, 재학생 74%가 긍정적으로 인식하였고, 편리성과 면접관의 주관이 배제된다는 점을 긍정적인 요인으로 꼽았다.

이런 AI면접시스템을 건설입찰평가에 활용하면 어떨까? AI면접시스템이 공정한 건설문화 조성에 도움이 될 것 같기 때문이다. 이미 조달청을 비롯한 국내 주요 공공기관에서 입찰평가용 AI면접시스템 도입을 준비하고 있을지 모른다.

국내 건설업의 선진화를 위해 해결해야 할 이슈들은 많다. Engineering과 Management분야는 끊임없이 끌어주고 밀어주어야 하지만, 건설 관련 부정부패는 반드시 도려내야 한다. 거기엔 입찰평가 관련 부조리도 포함된다. 모두가 인지하고 있으나 뾰족한 대책이 없는 이슈, 4차 산업혁명의 총아인 AI기술이 해결할 수 있을 것 같다.

건설사, 설계사, CM사를 선정하기 위한 입찰 시 일정 규모 이상의 프로젝트는 대부분 입찰 참가업체들에게 기술제안서를 요구한다. 기술제안서는 각 업체들이 보유하고 있는 실적과 경험, 기술 능력을 동원해서 프로젝트를 성공시키겠다는 로드맵이다.

그런데 대다수 기술제안서는 그렇지 않다. 업체의 경험이나 능력을 과대포장하거나, 현실적으로 실행 불가능한 업무들을 허구로 꾸미는 경우가 있다. 그래서 소설이라 자조(自嘲)하기도 한다.

하지만 그게 전부는 아니다. 좋은 평가를 받아내야 한다. 결국 업체들은 기술제안서 평가자들을 자신에게 우호적으로 만드는 데 모든 역량을 쏟아붓는다. 그 노력에 인맥, 학맥 등 모든 인연들을 총동원한다. 업체 입장에서는 수주를 해야 하니 어쩔 수 없다지만, 자칫 회사가 위태로워질 위험까지 감수한다.

기술제안서를 평가하는 분들도 곤란하긴 매한가지다. 이런저런 인연으로 모두 잘 아는 사이인데 만남을 거절하긴 쉽지 않다. 또한 평가 자체가 평가자의 주관적 판단에 의존하므로 아무리 공정하려 해도 모두를 만족시킬 순 없다. 그래서 평가자는 종종 곤경에 빠진다. 최악의 경우 자신이 쌓아온 모든 것을 한순간에 잃기도 한다.

결국 아무도 공정하지 않다고 생각하는 위험한 치킨게임에 내몰리는 셈이다. 이런 현상이 과연 바람직한가? 공공기관에서는 입찰 관련 문제가 발생할 때마다 평가방법과 절차를 변경시켜 보지만 백약이 무효다.

4차 산업혁명 선두주자이자, 세계 7위권 건설 능력을 갖추었다는 나라에서 이런 황당한 일이 계속되어야 하는가? 이제 모두 원칙으로 돌아가야 한다. 그런데 사람이 제안서를 평가하는 한 쉽지 않아 보인다. 사람이 개입되지 않는 입찰평가시스템, 그것은 AI기술을 활용하는 길밖에 없다. 적어도 AI에게 로비할 일은 없을 테니까. 혹시 AI로직을 바꾸려 시도할까? 당장 발각될 것이다.

현재의 AI기술이 기술제안서 내용을 스스로 학습한 다음, 적격 업체를 판단할 수 있는 수준에 도달했는가? 기술제안서 평가에 적용되는 AI기술은 입찰 참가업체가 제출한 자료를 분석하고, 설계도면이 발주자 요구사항에 부합하는지 판단하며, 발표자와 Q&A를 할 수 있으면 충분할 것이다.

그렇다면 지금의 AI기술로도 가능하다. 이제 AI입찰평가시스템 구축을 서둘러, 입찰 참가업체는 본업인 프로젝트 성공에 올인하고, 평가자도 본업인 연구와 실무에 매진할 수 있도록 해야 한다. 그게 4차 산업혁명에 걸맞는 방향이다.

2019. 11. 4.

오두막과 소나무 한 그루

프로젝트
복기에 대하여

잘되었건 잘못되었건 뭔가 이상하다 싶으면 뒤를 돌아본다. 뒤에 누가 따라붙어 그런 게 아니다. 시간 관점에서 과거를 되짚어보는 것이다. 뭐가 잘된 거지? 아니면 뭐가 잘못되었을까? 과거의 행적을 통해 오늘을 평가하고 내일을 준비한다. 위험관리(Risk Management) 본능이며, 인류가 이제껏 생존하고 번창한 비결이다.

바둑 고수들은 승부가 갈리면 반드시 복기(復棋)한다. 다시 두기를 반복하며 승착과 패착을 찾아간다. 승자는 승착을 DNA에 각인시키려 하지만, 패자는 이를 악물며 머리칼을 쥐어뜯는다. 다시는 실수하지 않겠다는 날선 결기로 서늘하다. 의사들도 복기한다. 환자에 대한 진단과 처방이 적절했는지 여러 분야 의사들이 모여 평가한다. 살벌한 분위기라 한다. 인간의 생명을 다루는 것이니 실수를 줄이고 최선의 처방을 하기 위해서다.

복기는 실수를 줄이고 기회를 놓치지 않기 위함이다. 복기는 진지하고 치밀해야 한다. 모든 것을 바꿀 듯 혁명적이어야 한다. 덤벙대며 흉내만 낼 거라면 안 하느니만 못하다. 복기가 누구를 비난하거나 책임을 전가하는 수단이 되어선 안 된다. 만약 그렇다면 아무도 복기하지 않을 것이다. 실수는 반복되고 기회는 영영 사라진다. 따라서 복기는 미래지향적이어야 하고, 긍정적 동기부여로만 작동해야 한다.

Field & Carper는 『Construction Failure』에서 수많은 건설사업 실패 사례들을 분석하며, 기원전 2200년경 함무라비 법전에 기록된 건설 관련 다섯 가지 규정을 인용한다. 첫째, 시공자(Builder)가 집을 부실하게 지어 건축주가 죽으면 시공자를 처형한다. 둘째, 건축주의 아들이 죽으면 시공자의 아들을 처형한다. 셋째, 건축주의 노예가 죽으면 시공자의 노예를 처형한다. 넷째, 건물이 무너지면 시공자의 비용으로 다시 지어준다. 다섯째, 담벼락이 무너지면 시공자의 비용으로 보강한다. 모두가 '눈에는 눈, 이에는 이' 같은 살벌한 내용들이다. 그런데 저자는 함

오두막과 소나무 한 그루

무라비 법전을 옹호하지 않는다.

함무라비 법전의 강력한 처벌 규정이 시공자의 부실시공은 예방할지 모르지만, 혁신에 대한 용기를 꺾는다고 지적한다. '고대로부터, 건설은 시도와 실패(trial-and-error), 시도와 성공(trial-and-success)에서 많은 혜택을 받아왔다. 경험은 성공 또는 실패와 관계없이 모든 분야 전문가들에게 매우 큰 자산이다.'라며 경험의 긍정성을 강조한다.

우리 건설은 프로젝트 복기를 어떻게 하고 있는가? 일부 대형 건설공사 발주자는 준공 후 건설지를 발간한다. 컬러풀한 공사 진행 사진, 잘 정리된 도면과 표, 공법들로 가득하다. 근데 개략 설명이라 이해하기 쉽지 않다. 공사과정의 성공과 실패에 대한 진지하며 치밀한 복기는 찾기 어렵다. 책꽂이 장식용으로 안성맞춤이다.

건설사에는 '준공평가' 과정이 있다. 물론 회사마다 차이가 있으나 대부분 원가, 공정, 품질, 안전 관련 성과를 정량적 지표로 평가한다. 평가점수가 높으면 현장 직원들에게 인센티브를 주지만, 평가점수가 낮으면 자칫 퇴사 위기까지 몰린다. 최근 공사

관련 각종 공문서, 도면, 기타 자료들을 DB에 저장하는 건설사들이 늘고 있다.

그러나 준공 후 공사과정 전반에 대해 진지하며 세밀한 성찰이나 검토를 기록으로 남기지는 않는다. 특히 실패 사례는 철저히 감춘다. 나중에 법적으로 문제가 될 수 있기 때문이다. 결국 프로젝트에 대한 제대로 된 복기는 거의 없는 셈이다. 설계/CM/감리사 역시 건설사와 별반 다르지 않다.

복기하지 않으면 실수는 반복되고 발전은 더뎌진다. 그런데 복기가 부메랑이 된다면 그 또한 바람직하지 않다. 그렇다고 프로젝트 복기를 접어야 하나? 새로운 복기방법을 모색해야 한다.

성공한 프로젝트만 복기하면 어떨까? 위험관리 관점에서 기회요인(Opportunity)만 복기하는 방법이다. 실패 사례는 접어두고 성공 사례에 집중해서 그 결과를 공유하는 것이다. 주변에 성공한 프로젝트들은 차고 넘친다. 프로젝트를 성공시킨 요인도 기술적, 관리적, 환경적으로 다양하다. 모르고 지나칠 따름이다.

뭐가 잘 안된다 싶으면 법·제도부터 개정하자며 목소리를 높인

오두막과 소나무 한 그루

다. 교육정책, 부동산정책이 대표적이다. 시장 참여자들 인식은 그대로인데 규칙만 바꾸자며 야단법석이다. 그래서 법을 개정하면, 얼마 지나지 않아 또 문제 있다며 다시 개정해야 한다고 난리다. 그 나물에 그 밥인데 법 개정으로 해결되겠는가?

건설정책도 별반 다르지 않다. 건설현장 내부관행은 그대로 둔 채 껍데기만 바꾼다고 해결되지 않는다. 건설현장 내부관행과 메커니즘을 깊숙이 들여다보고 본질을 변화시켜야 한다. 그러려면 제대로 된 프로젝트 복기가 필요하다. 단, 성공 사례에만 집중하자.

2020. 4. 2.

●

건설의 메인은
현장이다

A건설과 B건설은 도급순위 10위에서 15위권이다. 야무지고 탄탄한 건설회사다. A건설의 C부장은 신입사원으로 입사해 정년퇴직을 앞둔 왕고참이다. 현장 얘기를 가볍게 나누던 중, C부장이 "요즘 신입사원들 현장 가라고 하면 바로 사표 냅니다."라며 한숨지었다. "무슨 소립니까? 취직하기 얼마나 어려운데, 사표라니요?" 어이없어 했더니, "사무실에서 컴퓨터 앞에만 있으려고 해요." 입맛을 다셨다.

C부장 말이 사실이라면 보통 일이 아니다. 그저 잘 돌아가겠거니 신경 쓰지 않았는데 그게 아닌 모양이다. '건설회사에 입사해서 건설현장에 가지 않으려 한다?' 아무리 갸웃거려봐도 알 수 없었다.

오두막과 소나무 한 그루

하긴 나의 신입 시절에도 현장에 가지 않으려는 사원들은 있었다. 대부분 본사 또는 설계부서 근무를 희망했다. 사오십 년 전 대학교육에서 현장 얘기는 들어보지 않았다. 커리큘럼 대부분이 설계/엔지니어링 분야였고, 시공이라고 해야 재료 위주였다. 건설회사에 입사해서 건설 관련 지식을 쌓기 시작했다. 다만 현장은 노가다라며 무척 힘들고 고된 곳이라는 말만 들어서 현장이 막연히 두려웠다. 그래도 현장 발령 났다고 사표 내진 않았다. 건설회사에 들어오면 언젠가 부딪혀야 할 곳이기에 숙명으로 받아들였다.

요즘 건축공학 커리큘럼에 건축시공과 건설관리(CM) 과목들이 많이 포함되어 있다. 그리고 담당 강사들도 현장 경험이 풍부해 학생들에게 건설의 진짜 모습을 가감 없이 설명해준다. 덕분에 졸업을 앞두고 건설에 대한 막연한 두려움은 거의 없다. 다만 건설이 본인의 적성에 맞는지 판단해서 진로를 결정한다. 그런데도 A건설과 같은 현상이 벌어진다니, 이해할 수 없다.

나는 학생들에게 늘 "건설회사에 입사하면 무조건 현장부터 경험해라." 강조한다. 그리고 "건축은 건축물로 완성되었을 때 의미를 갖는다. 결국 건설의 메인(Main)은 현장이다. 그 외 모두는 현장을 지원하는 스탭(Staff)이다."라는 말도 빼놓지 않는다.

건설사업 전체 프로세스에서 기획, 설계, 엔지니어링, 발주/구매, 절차, 전산시스템, 본사지원, 스페셜리스트 등등 중요하지 않은 것은 아무것도 없다. 그중 어느 하나라도 잘못되면 건설은 실패한다. 그런데 이 모든 것들은 결국 건축물을 잘 지어내도록 현장을 지원하는 기능이다. 그런데 가끔 주객이 전도된다.

"PMIS 구축하면, BIM 도입하면, CPM 적용하면, VE 실행하면, 인공지능 도입하면, 건설은 성공하는 거지요?" 등과 같은 질문을 자주 받는다. 다행히 "설계 잘하면 건설은 성공하나요?"라는 질문은 많지 않다. 설계와 시공을 분리해서 생각하는 우리나라 고유의 사고방식 탓이다. 설계도서 납품하면 그다음부터는 현장 책임이다. 설계가 준공시점까지 동행하는 건설선진국 관점에서 보면 독특한 현상이다.

여하튼 PMIS, BIM, CPM, VE, 인공지능이 현장을 대신할 수 없다. 그저 현장 업무를 도와줄 뿐이다. 그런데도 일부 건설회사는 본사에서 이런 지원기능들을 현장에 강요한다. 따르지 않으면 무식한 노가다로 치부한다. 스탭이 '갑'이 되는 전형적 예다.

오두막과 소나무 한 그루

건설회사 본사는 숫자나 문서로 된 모든 정보를 갖고 있다. 그것들을 체계적으로 분석할 수 있는 시스템도 갖추고 있다. 이런 정보들로 현장을 감시하고 압박한다. 가끔씩 현장을 방문해서 현장 직원들을 교육시키고 훈계한다. 마치 '내가 모든 정보와 시스템을 다 갖고 있으니, 너희들은 시키는 대로 하면 돼.' 하듯이. 강요는 반발과 부작용만 낳는다.

본사는 현장이 잘 돌아갈 수 있도록 도와주는 '을'이다. 절대 현장을 넘어설 수 없다. 따라서 현장 스스로 선진시스템과 절차를 도입할 수 있도록 동기를 부여하고 기다려주어야 한다. 그러기 위해 현장에 가장 좋은 인적자원을 우선적으로 투입해야 한다. 그리고 그들의 성취에 대해 인사상, 금전상으로 충분히 보상해주어야 한다.

B건설의 D부장 역시 신입사원으로 입사해 현재는 대형 건설현장에서 소장을 맡고 있다. D부장에게 C부장의 얘기를 전달했더니, "저희 회사는 신입사원으로 들어오면 무조건 2년간 현장으로 발령 냅니다. 현장에서 2년 버틴 사원들만 본사 또는 다른 현장으로 순환 배치하지요." 자랑했다. "어떻게 그런 생각을 할 수 있나요?" 의아해했더니, "저희 회사 CEO가 현장을 워낙 중요

시합니다." 목에 힘을 주었다. "그렇군요." 갑자기 우리 건설의 환한 미래를 보는 듯했다. 그리고 우리 건설이 여전히 건강하게 살아 있음을 느꼈다.

A건설과 B건설, 두 회사는 거의 비슷한 규모다. 그런데 회사 분위기는 분명 다르다. 나는 B건설의 방향성이 마음에 와닿는다. 그렇다고 A건설이 잘못되었다고 단정하진 않겠다. 지금 한창 고민 중일 것이다. 다만 A건설에게 조용히 귀띔해 주고 싶다. "B건설에게 물어보시죠?"라고.

2020. 7. 15.

오두막과 소나무 한 그루

스마트 건설을
위해

얼마 전 디스커버리 채널의 'Mega Factory'라는 다큐에서 독일의 고급 자동차 중 하나인 포르쉐가 만들어지는 과정에 대해 방영했다. 자동차 조립공정 대부분은 로보트가 대신했다. 중량물을 사용하는 작업이나 정밀을 요하는 반복작업은 고정형 로보트가 맡았고, 중간 조립품을 이동시키고 자재 창고에서 자재를 작업대로 운반하는 일은 이동형 로보트가 맡았다. 사람들은 로보트가 작업한 것을 확인하거나, 자동차 내부 대시보드 설치 등 로보트가 접근하기 어려운 부분에 국한되었다. 요즘 대세가 된 '스마트 제조과정' 그 자체였다. 그런데 그렇게 유쾌하지만은 않았다. 로보트로 인해 실직한 사람들이 떠올랐기 때문이다.

최근 건설산업에서 스마트 제조를 벤치마킹한 '스마트 건설'이 많이 회자되고 있다. 대형 건설회사 중심으로 스마트 건설팀도 꾸려지고 있다. 회사마다 차이는 있지만 기존 CM팀과 IT팀이 합쳐진 형태다.

BIM 전문가인 후배 교수는 그의 저서에서 '스마트 건설은 설계, 엔지니어링, 시공, 유지관리단계 등 전 생애주기에 걸쳐 사물인터넷(IoT), 클라우드 컴퓨팅(Cloud Computing), 로보틱스(Robotics), VR(Virtual Reality), AR(Augmented Reality), 3D 프린팅, 빅데이터(Big Data), AI, 웨어러블기술(Wearable Technology) 등 여러 가지 기술을 적용하여 건설 프로세스를 혁신적으로 개선하고 내외적 요구사항에 효과적으로 대응하여 관련 기업 및 건설생산 프로세스 그리고 시설물의 가치를 극대화하기 위한 체계'로 정의한다.

역시 예상대로다. IT와 결합된 최첨단 기술을 건설 분야에 적용하자는 얘기다. 틀린 말 하나 없다. 당연히 그렇게 해야 한다. 그런데 뭔가 답답하다. 절벽 앞에 선 느낌이다. 구호처럼 현장이 움직여줄까 의구심이 앞선다.

IT기술이 발전하는 속도를 건설산업이 따라가긴 쉽지 않다.

현장의 변화는 매우 느리다. 개인적 관점이지만, 지금의 현장을 가만히 들여다보면 10년 전, 20년 전, 30년 전과 별반 다르지 않다. PC나 모바일을 통해 계산과 문서작성이 편해지고 정보공유가 빨라진 것 말고는 현장관리 패턴은 거의 변하지 않았다. 왜 그런가? 건설현장 특성 탓이다. 제조과정은 제한된 동일한 공간에서 반복되므로 절차와 시스템이 명확해 자동화가 수월하다.

그러나 건설과정은 매번 설계와 시공방법이 다른 상이한 공간에서 비반복적이므로 자동화가 곤란하다. 또한 건설현장에서 고정형 로보트가 할 수 있는 작업은 거의 없다. 가설재나 작업상태가 매우 혼란스러워 이동형 로보트 활용도 쉽지 않다. 건설작업은 여전히 수많은 기능인력에 의존할 수밖에 없다. 물론 기능인력이 다루는 장비는 많이 발전했다. 그러나 장비를 다루는 주체는 인간이고, 현장관리의 중심은 Human Factor다.

인간은 매우 복잡하다. 감정의 기복이 심하고 생산성은 꾸준하지 않다. 현장소장의 Human Management 능력이 현장의 성패를 좌우한다. 공사담당자들이 협력업체 또는 기능인력들과 얼마나 잘 소통하느냐에 따라 공기, 원가, 품질, 안전 등이 크게 요동친다. 공사담당자가 작업현장을 수시로 둘러보며 지시하고 확인하는 업무는 엄청난 체력을 요구한다. 현장사무실에 돌아와 편히 쉴 틈이 없다. 늘 긴장의 연속이다. 안전사고라도 발생하면 여지없이 형사처벌이다.

스마트 제조는 Human Factor를 최소화시킨 프로세스다. 정형화된 공장생산이기에 가능하다. 그러나 비정형화된 건설생산 프로세스에서 스마트 건설은 쉽지 않다. 그렇다고 스마트 건설을 포기해야 하는가? 그렇지 않다. 건설산업도 4차 산업혁명에 부응해야 한다. 몇몇 대형 건설회사에서 로보트 도입을 시도하고 있지만, 대다수 국내 건설현장은 스마트 건설과 거리가 멀다.

CM이란 학문 분야는 1956년 CPM공정관리기법이 제안되면서 시작되었다는 게 정설이다. 그런데 국내 현장에서 CPM은 제대로 활용되는가? CPM이 작동하지 않으면 줄줄이 무용지물이다. 스마트 건설의 기본부터 부실하다. 이 상태에서 스마트 건설을 종용하면, "당신들이 와서 해봐."라며 냉소할지 모른다.

해결책은 없는가? 현장부터 스마트해져야 한다. 스마트 건설에 걸맞는 우수한 인재를 우선적으로 배치하고, 그들이 스마트 건설을 계획하고 실행할 수 있도록 충분한 기회와 여유를 주어

오두막과 소나무 한 그루

야 한다. "사무실에 앉아 뭐 하는 거야? 현장 안 나가고."라는 눈치와 호통보다는, "현장은 협력업체에 맡기고, 조용히 앉아서 스마트 건설을 고민해봐." 하는 사고의 전환이 필요하다. 기존 관행을 깨는 일인데 가능할까? 쉽지 않다. 그래도 누군가는 시도하고 앞서나갈 것이다. 성공 사례를 기대한다.

2020. 9. 7.

●

조화롭게
천천히

코로나로 얼룩졌던 묵은해가 가고 새해가 밝았다. 여전히 혼란스럽지만 그래도 시작은 언제나 새로운 법. 지난해보다 나아지겠거니 기대해본다. 늘 그래왔듯 우리 건설이 직면한 문제점과 처방에 대한 관점과 주장은 거의 백가쟁명식이다. 맞는 것 같기도 하고, 아닌 것 같기도 하고, 때론 이해되지 않기도 한다. 그럼에도 모든 건설인의 희망은 분명하다. 우리 건설이 발전하는 것이다. IT 분야처럼 선진국 반열에 올라서는 것이다. 그런데 그게 쉽지 않다. 건설은 IT처럼 빠르게 발전하지 않기 때문이다.

그동안 건설산업을 발전시키기 위해 수많은 장(場)이 열렸고 관련 조치들이 취해져왔다. 그런데도 여전히 많은 부분은 의도한 만큼 긍정적으로 변화하지 않았다. 아마 앞으로 이런 패턴은

오두막과 소나무 한 그루

쉽게 바뀌지 않을 것이다. 그럼에도 문제점을 지적하고 해결책을 제시하려는 노력과 헌신은 계속되어야 한다. 일면 쓸모없고 혼란스러운 것 같아도 발전을 위해 불가피한 진통이다. 민주주의와 별반 다르지 않다. 마구 떠들어대니 개판 오 분 전 같지만, 치열한 논쟁을 통해 스스로 정화하며 길을 찾아가는 것이다. 다만 올해는 우리 건설이 조금이라도 진일보하는 논쟁을 펼쳤으면 좋겠다.

내셔널지오그래픽, 디스커버리, BBC 채널에서 'Mega Structure', 'Make Bigger', 'Build Impossible'과 같은 건설과정 다큐멘터리 프로그램을 방영한다. 아무래도 건설 전공이다 보니 자주 시청한다. 특히 작업반장이나 작업자들과 인터뷰가 많아 실감난다. 그들이 시공하는 과정은 기술적 측면에서 우리와 별반 다르지 않다. 테이블폼을 레일 위에 탈형시켜 건물 밖으로 빼내 위층까지 타워크레인으로 인양하고, 지붕트러스 철골을 공중에서 힌지로 연결하려 나무망치로 두들기며, 준공에 맞춰 24시간 교대 작업하는 모습들은 매우 친숙하다. 다만 공사 중인 건물 10층에 마련된 현장 식당에서 점심식사하는 모습은 신선했다. 런치박스로 해결하는 줄 알았더니 함바가 있군. 메뉴가 거의 고급 레스토랑급이다.

우리의 시공기술과 공법적용은 건설선진국 수준과 별 차이 없다. 우리나라 IT기술과 첨단 제조업이 선진국 수준에 도달하며 함께 일궈낸 성과다. 그런데 미국과 유럽의 건설회사들은 다른 나라에 진출해서 그들이 가진 건설 능력으로 많은 수익을 창출하고 있는데, 그들과 동등한 시공기술을 갖춘 우리의 건축과 토목은 해외 진출이 쉽지 않고, 그나마 수행한 프로젝트도 적자라며 아우성이다. 우리 건설시스템의 해외 경쟁력이 뭔가 부족한 것이다.

미국의 건설관행, 유럽의 건설관행, 중국의 건설관행, 일본의 건설관행은 저마다 특색이 있다. 건설산업은 나라마다 고유한 전통과 문화와 밀접하게 연관된다. 우리의 건설관행 역시 우리가 가진 전통과 문화에 기반해서 정착하고 발전되어왔다. 따라서 미국, 유럽, 중국, 일본과 우리의 건설관행은 다르다. 그래선지 국내 건설관행을 중시하는 분들은 해외 선진 건설체계는 우리 현실에 맞지 않는다며, 해외 선진 건설체계 도입을 꺼리고 심지어 배척까지 한다.

우리나라는 미국이나 유럽처럼 계약사회가 아니다. 인간관계가 우선시되는 사회다. 그런데 건설정책과 법·제도를 추진하는

오두막과 소나무 한 그루

상위 건설관계자들은 해외 건설동향에 매우 민감하게 반응한다. 우리의 건설에도 그것들을 도입해야 한다며 토론회 몇 번 거친 다음 바로 시행하는 경우도 있다. 국내 건설관행에 익숙한 하위 현장실무자들의 의견은 거의 묻지 않는다. 그들의 낡은 의식이 선진화에 도움이 되지 않기 때문이다. 그러니 건설정책과 법·제도, 건설관행이 따로국밥일 수밖에 없다.

미국이나 유럽에서는 새로운 건설정책과 법·제도를 시행하기 위해 수십 차례의 실무자 워크숍을 개최한다. 실무자 워크숍에는 모든 이해관계자들이 참여해 진지하게 토론한다. 오랜 토론 과정을 통해 충분히 이해하고 철저히 준비하기에, 새로운 정책과 법·제도 실행에 따른 충격은 거의 없고 예상대로 효과를 발휘한다.

우리의 건설정책과 법·제도를 주도하는 분들도 선진 건설체계 도입에만 초점을 맞춰선 안 된다. 현장실무자들의 의견에 귀 기울이고 그들이 동참할 수 있도록 노력해야 한다. 현장실무자들도 국내관행만 너무 고집해선 안 된다. 우리끼리 먹고산다면 굳이 선진 건설체계를 도입하지 않아도 된다. 국내관행만으로도 아파트, 첨단빌딩, 도로, 교량 무난히 건설하고 이윤도 남길 수 있다. 그러나 세상은 너무 빨리 변한다. 이제 세계는 하나다. 국내관행만 고집할 때가 아니다.

건설정책과 법·제도, 건설기술과 관련된 다양한 주장들을 누군가는 통합해야 한다. 그런 역할은 CM이 맡을 수밖에 없다. 신축년은 건설산업의 위아래가 조화롭게 잘 어울려 한 몸처럼 천천히 앞으로 나아가는 해가 되길 희망해본다. 서두를 거 없다.

2021. 1. 18.

오두막과 소나무 한 그루

●

빗속 낭만과
중대재해처벌법

나는 비 내리는 풍경을 유별나게 좋아한다. 왜인지는 잘 모르 겠다. 시골에서 어린 시절을 보내서 그럴까? 변변한 우산이나 비옷이 없던 촌동네라 등하굣길에 비가 내리면 쫄딱 맞는 게 일 상이었고, 신작로에 고인 빗물 웅덩이를 일부러 첨벙대던 추억 이 각인되어선지 모르겠다.

여하튼 지금도 비가 내리려 하면 괜히 설렌다. 특히 밤에 비가 이웃집 징크 지붕을 때리는 경쾌한 소리는 심포니처럼 들린다. 그래서 밤에 비가 내리면 창문을 살짝 열어둔다. 좀 더 리얼한 빗소리를 즐기기 위해서다. 그런데 빗소리를 오래 들어본 기억 은 별로 없다. 곧바로 자장가로 돌변하기 때문이다.

천둥 번개 소리도 좋아한다. 어린 시절 천둥 번개가 칠 때면, 친구들은 잔뜩 쫄아 있어도 나는 과감하게 논두렁 밭두렁을 내달렸다. 천둥 번개 후 쏟아지는 장대비가 얼굴을 때리는 게 너무 신났다. 요즘도 천둥 번개가 치면 여지없이 옥상 베란다로 나선다. 아니, 자전거를 몰고 천변 자전거길을 내달리기도 한다.

이렇게 좋아하던 비가 짜증나던 시절이 있었다. 내가 건축주-CM으로 상가주택을 짓던 해였다. 살던 아파트가 팔려 새집에 입주할 시간은 정해졌는데, 시도 때도 없이 내리는 비로 작업은 수시로 중단되었기 때문이다. 애가 타서 비를 원망해보기는 처음이었다.

건설은 비와 애증의 관계이다. 비가 내려 쉴 때면 좋기도 하지만, 외부작업이 중단되고 사고위험이 높아져 여간 신경쓰이는 것이 아니기 때문이다. 요즘 중대재해처벌법으로 건설현장이 초긴장 상태다. 자칫 현장에서 멀찌감치 떨어져 있는 경영자까지 1년 이상의 징역형에 처해질 수 있기 때문이다. 안전시공을 보장하기 위한 제도지만, 건설선진국에 비해 처벌이 과한 측면이 있고, 자칫 건설을 위축시킬 소지도 다분하다.

법률가들에게는 호재일 것이다. 처벌이 과할수록 수입되는 사건이 많아질 테니까. 그러나 법률가를 제외하면 이득 볼 사람은 별로 없어 보인다. 물론 현장작업자에게는 좋을지 모른다. 그렇다고 모든 현장작업자들에게 해당되지는 않을 듯싶다. 과도한 안전장비와 지루한 안전교육으로 오히려 신체 리듬이 깨지고 작업능률이 떨어질 수 있기 때문이다. 물론 작업자들이 로봇처럼 프로그램화되어 있어 교육받은 대로 정확히 움직여주면 좋겠지만, 현장은 그렇지 않다.

장비 착용이 귀찮아 관리자가 돌아서면 곧바로 장비를 풀어버리거나, 위험스러운 작업행동을 하지 말라고 사정사정해도 시간상 아니면 편의상 위험한 행동을 수시로 벌이는 일들이 비일비재하기 때문이다. 현장작업자들에게 시간은 돈이다. 때문에 현장작업자들은 법이 의도한 대로 움직여주지 않는다. 그런 경우까지 경영자에게 책임을 묻는 것은 과도해 보인다.

요즘 공기지연 분석 시, 중대재해처벌법으로 인한 과도한 안전점검과 교육 때문에 작업에 방해를 받는다는 볼멘소리가 심심치 않게 들린다. 어느 공기업에서는 한 달에 0.5일 정도의 공기연장을 감안해준다고 한다. 그런데 그것만으로 충분할까? 좀 더

면밀한 연구가 필요하겠지만 0.5일은 너무 적어 보인다.

내가 비를 좋아하고 빗속에 뛰어드는 것을 다들 의아해한다. 너무 위험한 행동이라고. 그런데 내겐 너무나 익숙한 행복이다. 누군가 내 머리 위에 우산을 고정시키고, 비옷을 벗지 못하도록 몸에 묶어둔다면 아마 미쳐버릴지 모른다. 내가 비를 맞든 말든 온전히 내 책임이다.

이런 논리가 현장작업자들에게도 적용될지 모르겠다. 현장작업은 우선적으로 현장작업자 책임하에 이루어진다. 현장작업자의 책임 범위를 과도하게 넘어서는 규제는 오히려 역효과를 불러일으킬 수 있다. 현장작업자들이 자발적으로 안전해질 수 있는 시간이 필요하다. 공정관리를 아무리 외쳐도 현장에서 받아들일 준비가 되어 있지 않으면 말짱 도루묵이듯이 말이다.

2022. 10. 6.

오두막과 소나무 한 그루

3

건설관리(CM)

●

CM단체 통합은
결렬되었지만

얼마 전, K신문 K국장이 밤늦게 보내온 카톡을 새벽녘에야 확인했다. 요지는 지난 3년여 동안 CM단체 통합을 위해 노력했지만 무산되었고, 이제 각자 제 갈 길 가기로 했다는 내용이었다. 나 역시 CM단체 통합에 관심이 많았고 통합되기를 바랐다. 통합을 통해 국내 건설산업이 발전하리라 기대했기 때문이다. 그런데 통합은 이제 물 건너갔다고 했다.

각 단체의 지향점이 다르고 소속된 분들의 생각이 다르다면 무리하게 단체를 통합시킬 필요는 없다. 물론 속사정이 있을 것이다. 도저히 안 되는 것을 억지로 시도할 필요는 없다. 이쯤에서 통합 논의를 포기하는 것도 방편이다.

오두막과 소나무 한 그루

다만 정부는 이번 통합 논의 결렬을 무겁게 받아들여야 한다. 그리고 성격이 다른 두 단체가 동등하게 발전할 수 있도록 최대한 배려해야 한다. 지금 감리단체는 튼튼하고 안정적이지만, CM단체는 여러모로 어려움을 겪고 있다. 그나마 다행스러운 것은, 어려움을 겪는 CM단체가 당초 설립 목적을 그대로 유지하고 있다는 사실이다. 쉽지 않은 일이다.

법과 제도는 때로 약이 되지만 독이 되기도 한다. 법과 제도에 익숙해져 안정된 생계를 보장받으면 발전에 대한 욕구는 약화된다. 국내 건설산업에 감리와 CM제도가 도입된 지 벌써 사반세기를 넘어서고 있다. 이제 그 제도 아래에서 수많은 기업들과 기술자들이 생겨났고 생계를 유지하고 있다. 어느덧 단단한 뼈대가 형성되었다. 쉽게 깨지지 않는 두꺼운 껍질 속에서 보호받고 있다. 그 법과 제도가 좋든 나쁘든 이제 쉽사리 변화시킬 수 없는 상황이다. 이런 상황에서 혁명적인 변화는 기대하기 어렵다.

감리와 CM이 도입된 시기는 거의 같다. 감리제도는 삼풍백화점과 성수대교 붕괴 참사를 겪으며 부실공사를 방지하기 위한 목적으로 도입되었다. 그러므로 공사를 관리하는 수준은 비교적 단순하다. 반면 CM제도는 국내 건설업의 선진화 및 세계화를 지향하며 도입되었다. 따라서 공사를 관리하는 수준은 고급이고 복잡하다.

제도가 도입될 당시, 국내 건설업은 감리를 받아들일 수준이었지 CM을 받아들일 수준은 못 되었다. 그러니 단순한 감리업무는 무난히 정착했으나, 전문적인 CM업무는 뿌리내리지 못했다. 시간이 지나며 감리단체는 거대하고 단단해졌지만, CM단체는 여전히 취약하다. 급기야 감리가 자신도 CM이라며, 오리지널 CM을 흡수하려는 지경에 이르렀다.

이런 상황이 과연 바람직한 것인가? 감리가 CM인가? 감리가 국내 건설업의 선진화를 견인할 수 있는가? 많은 전문가들은 고개를 젓는다. 그런데 감리가 국내 건설업의 발전에 도움이 되든 말든 수많은 이들의 터전이 되었다. 이제 와서 그 터전이 잘못되었다고 매도하기엔 너무나 커졌다. 그렇다면 감리제도가 우리 건설업에 약이었나? 독이었나?

25년 전 국내 건설업은 CM제도를 도입하며 희망으로 가득했다. 해외 건설공사에서 CM을 경험한 많은 전문가들이 있었고 사기도 충만했다. 그런데 그 많던 전문가들은 국내 건설관행에

오두막과 소나무 한 그루

밀려 정착하지 못했고, 그들의 해외 건설 경험은 철저히 외면당했다. 제대로 된 CM을 펼칠 기회조차 없었다.

여전히 국내 건설관행에 익숙한 분들은 해외 선진 건설관리기법을 도입하자고 주장하는 분들을 향해, "백날 떠들어봐라. 아무도 움직이지 않아."라며 냉소 짓는다. 나 역시 많이 들어온 얘기다. "감리로 먹고살면 돼. 괜히 복잡하게 만들지 말고, 그냥 가만히 있어." 이런 상황에서 선진화된 CM을 정착시키자는 주장은 공허하게만 느껴진다.

이미 감리가 대세고, 거기에 익숙해진 많은 분들에겐 불편한 진실일 뿐이다. 더욱이 CM은 감리보다 번거롭고 비용이 더 들어가지만 보상은 감리와 같다. 돈은 안 되고 골치만 아픈 CM을 누가 하려 하겠는가? 수주는 해야 하니 제안서엔 CM 한다 해놓고, 수주한 다음엔 감리로 돌아선다. 오래된 관행이다.

그렇다면 CM대가를 올리면 나아질까? CM대가를 올리면 책임도 무거워져야 한다. 예를 들어, 당초 제안한 대로 공정관리를 실행하지 않았다면 두 배의 페널티를 물리는 방안이다. 고민해볼 일이다.

많은 CM 전문가들은 CM단체 통합을 통해, 감리가 CM 수준으로 고급화되어 CM시장이 상향평준화되길 바랐다. 그런데 실제는 감리가 CM을 기존 감리 영역으로 끌어내리려는 하향평준화였다고 한다. 그렇다면 당연히 거부해야 한다. 비록 지금 힘이 없고 가난하지만, CM의 뜻이 올곧고 정당하다면, CM이 가는 길을 응원해주어야 한다.

이제 정부는 두 단체의 지향점과 성격의 다름을 인정하고, 어려움 속에서도 선진화된 CM을 추구해온 단체가 그 뜻을 지속할 수 있도록 지원해야 한다. 적어도 두 단체에게 동등한 기회를 부여하고, CM단체도 충분한 재정을 확보할 수 있도록 배려해야 한다.

정부가 지원할 수 있는 방법은 다양할 것이다. 담당자가 바뀌었다고 정책이 흔들리면 국내 건설업의 미래도 흔들릴 수밖에 없다. CM이 국내 건설업의 선진화, 글로벌 스탠다드화를 향한 가장 강력한 수단임을 확고히 해야 한다. 그게 건설선진국의 모습이다.

2019. 9. 17.

오두막과 소나무 한 그루

CM 성공 사례는 많다,
공유가 부족할 뿐

"이제 공사가 얼추 끝나가지 않나요?" 무더위가 기승을 부리던 7월 말, 대학 문학서클 선배이자 D산업 신입 시절 사수셨던 L단장님께 조심스럽게 물어보았다. "다음 주면 준공이야. 하하하…" 싱거웠다. 공사가 늦어져 고생하지 않을까 조마조마했는데, 특유의 너털웃음이었다.

L선배가 CM단장을 맡은 K은행 전산센터 신축공사는 매우 까다로운 현장이다. 전산센터 특성상 특수공법이 많고, 공사비 대비 공기는 턱없이 짧다. 1천 2백억 원 공사를 20개월에 끝내야 했다. 더구나 공사 도중 대폭적인 설계 변경으로 공사 범위가 늘어났음에도 공기는 그대로였다. 이런 황당한 현장을 예정 공기 내에 마무리한 것이다. 신기할 따름이다.

L단장님과는 개인적 친분을 넘어 CM으로도 많은 얘기를 나누는 사이다. 덕분에 현장을 서너 번 방문했다. 현장을 방문해도 오래 머물지 못했다. 다만 단장님 사무실 벽에 걸린 수많은 공사 스케치와 Shop Drawing을 살펴보며 공사가 치열하게 관리되고 있음을 직감했다. CM단 사무실에는 긴장감이 넘쳤고, 국내 최고의 건설회사인 H사 현장사무실은 뭔가 모를 노련함이 배어 있었다.

공사 현장 곳곳에 쌓아둔 자재들과 현장 내부도 깔끔했다. 흠잡을 데가 거의 없었다. 단 하나, 공사장 내부 곳곳에 다국적어로 쓰인 안전구호들은 영 낯설었다. 외국인 노동자가 거의 90퍼센트라고 했다. 마치 사우디에 있는 듯, 국내 건설인력 조달 현실을 민낯으로 마주했다.

현장에 파견된 발주자 대리인은 단 한 명이었다. 공사를 CM단과 시공사가 온전히 끝냈다는 반증이다. 발주자는 비용, 공기, 품질, 안전 측면에서 만족했다. L단장님께 감사패까지 수여했단다. CM의 최종 목표는 고객만족이다. 고객이 만족했으면 CM은 성공한 것이다. 그럼 CM이 어떻게 성공한 것일까?

오두막과 소나무 한 그루

이번 사례는 조금 특이하다. 국내 최고의 CM사 중 하나인 S사는 디자인/구조/설비/공법 변경에 따른 기술검토, 현장 Shop Drawing 관리 같은 Engineering에 포커스를 맞추었다. 반면 국내 최고의 건설사 중 하나인 H사는 공정관리, 품질관리, 안전관리, 계약관리, 노무관리, 대외관리 등 Management에 집중했다. 이런 구도가 가능했던 것은 CM 본사의 기술지원팀 역량, 시공사 본사의 Management 역량이 잘 어우러졌기 때문이다.

단, CM사가 Management를 주도하지 않았던 점은 조금 아쉽다. 물론 시공사인 H사가 Management 역량이 탁월해서 그랬을 것이다. 그런데 국내에서 H사처럼 Management 역량을 갖춘 건설회사는 그리 많지 않다. 아마 4~5개사 정도에 불과할 듯싶다. CM사가 이런 건설회사와 한 팀을 이루었으니, CM사의 Management 부담은 많이 줄어들었을 것이고, 대신 Engineering에 집중할 수 있었을 것이다. 그래도 CM은 공정관리와 같은 전체 프로젝트를 통합시키는 업무를 주도했어야 했다. 일반 건설공사였다면 당연히 그래야 한다.

그런데 H사에게도 옥의 티는 있었다. H사 현장 직원들이 Shop Drawing을 직접 그리지 않고 협력업체에게 맡겼다고 했다. 요즘은 다 그렇게 하는가? 문제는 협력업체가 그려온 Shop Drawing을 H사는 검토도 하지 않고 CM에 승인 요청했단다. L단장님과 나의 젊은 시절 현장 경험에 비춰보면 이해되지 않는 부분이다.

결국 H사 현장소장이 L단장님께 Shop Drawing에 대해 현장 직원교육을 부탁해서 흔쾌히 들어주었다고 했다. 간단한 문제는 아니다. 이게 사실이라면, H사는 현장 직원들의 Engineering 능력을 반드시 살펴보아야 한다. H사의 궁극적 목표가 Management 중심의 CM사라 할지라도 현장 Engineering 능력을 소홀히 해선 안 된다.

CM을 성공시키는 경로는 다양하다. 프로젝트의 성격, 발주자의 의도, CM사와 시공사의 역량에 따라 변화무쌍하다. CM을 반드시 이렇게 해야 한다고 단정해선 안 된다. K은행 전산센터는 발주자, CM사, 시공사가 잘 조합된 사례다. 이런 조합이 어떻게 만들어지고 준공까지 유지되었는지 좀 더 살펴보아야겠지만 발주자 현장대리인, CM사 L단장님, 시공사 소장 간 의사소통은 원활했을 것이다.

우리 주변에 이렇게 성공한 CM 사례들은 의외로 많다. 공유하지 못했을 뿐이다. CM수행과정과 절차에서 딱 부러진 정답은 없다. CM을 바라보고 평가하는 시각이 다양하기 때문이다. 대부분 자신의 경험을 바탕으로 한다. 내가 공정관리를 중심에 두듯이.

다만 성공과 실패는 분명하다. 발주자 만족 여부가 CM 성패의 잣대인 것이다. 그렇다면 우리 주변에 발주자가 만족한 CM 사례는 적지 않다. 그런 사례들은 당연히 공유되어야 한다. 공유하다 보면 개선점이 발견되고, 개선하다 보면 정착되는 것이다.

발주자가 만족했던 CM 사례들을 드러내는 데 주저하지 말자. 왜 발주자가 만족했는지 소회도 들려주자. 드러내는 분들이 용기를 갖도록 격려해주자. 그러다 보면 성공의 선순환 고리가 형성될 것이다. 현실이 이상을 앞설 수 없지만, 이상은 현실을 이끌 수 있다.

2019. 10. 14.

건축CM과
토목CM

CM 도입 당시부터 친분을 쌓던 분들과 점심식사를 하던 중, 한 원로께서 "건축CM과 토목CM을 분리해야 할 것 같아요." 조용히 운을 떼시기에 정신이 번쩍 들었다. "무슨 일 있나요?" 차분하게 질문했다. "토목공사 발주자들이 대부분 공공기관들 아닙니까?", "그렇긴 하지요.", "거기서 CM을 한다니, 토목CM은 감리밖에 할 게 없어요." 톤을 높이시며, "민간 건축공사는 발주자가 기획부터 설계관리, 발주, 시공관리까지 제대로 된 CM을 요구하고 있어요. 건축CM은 거기에 맞추려고 애쓰고 있습니다.", "그런가요?"

공공 건축공사의 CM용역 역시 무늬만 CM이지 실제 감리업무라는 볼멘소리를 많이 듣던 차라 갸우뚱하는데, 작심하신 듯

오두막과 소나무 한 그루

"건축CM과 토목CM은 인식이 완전히 다릅니다. 이러다간 CM 이 감리로 하향평준화될지 몰라요. 늦기 전에 건축CM과 토목 CM을 분리하는 게 서로에게 이득입니다." CM에 헌신하신 분의 고뇌, 그 자체였다. 건축CM을 이끄는 분들 간에 어느 정도 의견 이 모아졌다고 했다. 이게 사실이라면 간단한 문제가 아니다.

학문적으로 건축CM과 토목CM은 차이가 없다. 미국이나 유 럽의 대학교에서 CM 전공은 건축공사와 토목공사 모두를 대상 으로 한다. 국내 건축·토목CM 학자들은 CM의 본질과 확장성 을 오픈마인드로 공유한다. 덕분에 학부 전공과 관계없이 연구 교류에 장애나 불편은 없다. 공동연구도 빈번하다.

그러나 실무적 관점에서 건축공사와 토목공사에는 많은 차이 가 있다. 물론 건축공사와 토목공사 모두 거푸집 설치하고, 철 근 배근하고, 콘크리트 타설하는 일이 똑같은데 무슨 차이가 있 냐고 반문할지 모르나, 각 공사를 경험한 분이라면 그 차이를 쉽게 알 수 있다. 주요 차이를 살펴보자.

첫째, 건축은 민간 분야의 비율이 높지만, 토목은 공공 분야 의 비율이 높다. 둘째, 건축은 대부분 총액계약(Lump Sum)이지만, 토목은 단가계약(Unit Price)이 상당하다. 셋째, 건축은 전체 공사기간을 확정하지만, 토목은 전체 공사기간보다 연차별 차수 계약이 중요하다. 넷째, 건축은 마감공사와 기계·전기공사 등 실내작업 비중이 높지만, 토목은 토공과 구조물공 등 실외작업 비중이 높다. 다섯째, 건축은 기능인력에 많이 의존하고, 토목은 대형중장비에 많이 의존한다. 그 밖에 법·제도의 추종성, 설계의 창의성과 예술성, 엔지니어링의 역할, 내역서의 공종명칭 등 사소한 차이들도 많다.

이러한 차이는 건설관리관행에 적지 않은 영향을 미친다. 우선 공정관리 관점에서 건축공사는 전체 공사기간을 대상으로 공정계획을 수립하고 관리한다. 종합공정관리에 매우 민감하다. 반면 토목공사는 차수별 공정계획을 수립하고 관리한다. 종합공정관리에 덜 민감하다. 공사비관리 관점에서 건축공사는 총공사비관리에 집중하는 반면, 토목공사는 연간예산관리에 집중한다.

민원관리 관점에서 건축공사는 마감에 예민한 최종소비자들이 많지만, 토목공사는 상대적으로 덜하다. 인력·장비관리 관점에서 건축공사는 기능인력관리가 중요하지만, 토목공사는 대형

오두막과 소나무 한 그루

장비관리가 중요하다. 계약관리 관점에서 민간공사는 발주자와 협상을 통해 자율적으로 계약내용을 확정할 수 있지만, 공공공사는 계약내용과 공사수행 전반을 법·제도로 세밀하게 규정한다.

현실을 반영하지 못한 법·제도는 시장을 왜곡시킨다. 특히 준비가 덜 된 상태에서 일단 해외 신기술이나 최신동향을 법·제도로 강제하다 보니, 법·제도의 맹점을 노린 개인이나 집단의 부당이익만 부추긴다. 새로운 법·제도 시행 소식에 기대보다 우려가 앞서는 이유다. 특정 집단의 주장에 휩쓸린 건 아닌지. 현장을 깊숙이 들여다보고 내린 결론일까? 실무에서 검증된 관행을 법·제도가 뒤따라가며 정착시키는 게 낫지 않을까?

공공사업의 CM용역은 CM업무 분야, CM기술자의 수, CM대가, CM수행방법 등을 상세하게 규정한다. 융통성은 없고 협상대상도 아니다. 토목CM은 이를 익숙하게 받아들인다. 그러나 건축CM의 생각은 조금 다르다. 민간발주자와 계약하듯 좀 더 나은 CM서비스를 위한 자유로운 협상을 원한다. 법·제도 앞에서 건축CM과 토목CM이 부딪힌다.

건축과 토목은 건설을 이끄는 쌍두마차다. 상호 존중하며 화합하는 게 옳다. 다만 CM을 통해 무엇을 이루고자 했는지 되돌아볼 필요는 있다. CM이 발주자와 시공자 사이에 낀 공문 전달자나 단순 검측기술자가 목표는 아니었지 않은가? 축적된 건설 경험과 지식을 프로페셔널하게 행사해서 건설의 선진화에 기여하는 것이다.

건설CM이라는 큰 틀에서 건축CM과 토목CM은 함께 상향평준화되어야 한다. 이제 CM 성공 사례도 어느 정도 축적되었다. 잠시 방향이 흔들렸다면 CM의 대의를 되살려 일일신우일신(日日新又日新)했으면 좋겠다.

2020. 10. 13.

오두막과 소나무 한 그루

●

CM과
분리발주

"아파트 정비사업에서 발주자가 CM계약을 하면 종합건설업체
가 사업을 포기하겠답니다." 어느 CM회사 대표의 푸념이다. "설
마, 그럴 리가요?" 어이없어 했더니, "이게 국내 CM의 현실입니
다." 씁쓸해했다. 그리 놀랍지 않다. 이미 예상했던 바다.

GC(General Contractor)계약과 CM(Construction Management)계
약은 원칙적으로 양립할 수 없다. 사업수행과 발주방식이 다르
기 때문이다. GC계약은 종합건설업체의 일괄 책임하에 종합 관
리·시공하는 '통합발주' 방식이고, CM계약은 CM업체의 종합사
업관리하에 발주자가 복수의 하도급자(Sub-contractor)에게 직접
발주하는 '분리발주' 방식이다.

그런데 국내 건설공사에서 분리발주는 사실상 금지되어 있다. 국가를 당사자로 하는 계약에 관한 법률 시행령 제68조와 지방자치단체를 당사자로 하는 계약에 관한 법률 시행령 제77조에 '공사의 분할계약 금지'를 명시하고 있기 때문이다. 또한 제대로 된 CM업무수행을 위해 발주자 직영공사도 가능해야 한다. 그런데 건설산업기본법 제41조는 직영공사 가능한 연면적을 200㎡ 이하로 제한하고 있다. 발주자 직영공사는 사실상 불가능하다.

1997년 국내에 CM을 도입하며 내세웠던 구호 중 핵심은 '국내 건설산업의 국제화와 선진화'였다. 그리고 미국의 'CM for Fee'와 'CM at Risk'를 모델로 하고 있음을 분명히 했다. 선진국형 발주방식이 추가됨에 따라, 발주자의 사업수행과 발주방식 선택권이 넓어져, 국내 건설산업 참여자들 간 발전적 선의의 경쟁이 펼쳐지리라 기대했다. 그런데 예상은 빗나갔다. CM업무는 여전히 자문용역 수준에 머물며 감리용역과 별 차이 없고, 급기야 종합건설업체가 제대로 된 CM업무수행을 갈망하는 발주자를 협박하는 지경에 이르렀다.

나는 학부 2학년 '건설공학'의 교재로 1986년 출간된 『Fundamentals of Construction Process』를 여전히 사용하고 있다.

오두막과 소나무 한 그루

이 책을 좋아하는 이유 중 하나는 GC계약과 CM계약의 장단점을 명쾌하게 비교하기 때문이다. 주요 내용은 다음과 같다.

첫째, CM계약은 설계와 시공을 하나의 노력으로 처리하므로 연속적이지만, GC계약은 설계와 시공이 독립된 노력으로 연속적이지 않다. 둘째, CM계약은 설계단계에서 적극적인 VE와 공사비관리가 가능하지만, GC계약은 설계단계에서 VE가 적극적이지 않다. 셋째, CM계약에서 발주자는 적극적인 공정관리와 유리한 현금 흐름 계획을 수립할 수 있지만, GC계약에서 발주자는 종합건설업자의 공정관리와 공사비관리에 의존한다. 이외에도 일곱 항목이 더 있다. 대부분 CM계약의 장점을 부각시킨다. 1986년 CM과 관련된 내용이 교재로 출간되었다는 사실은 그 이전 수많은 CM계약이 실행되었고 그에 대한 평가와 검증도 충분했음을 의미한다.

ENR지 2019년 6월호에 게재된 미국 건설시장의 총 규모는 1조 2,939억 달러인데, CM수주가 1,512억 달러로 전체 건설시장의 약 11.7%를 차지한다. 그중 CM at Risk는 1,330억 달러로 87.9%, CM for Fee가 182억 달러로 12.1%다. CM at Risk 시장이 훨씬 크다. 반면 우리나라 총 건설시장 규모는 2019년 기준

166조 원인데, CM수주가 7,162억 원으로 전체 건설시장의 약 0.4%에 불과하다. 단, 미국과 우리나라 CM의 비교는 역할과 수행방식이 달라 별 의미는 없다.

국내에서도 2013년 공공공사 분리발주 법제화를 시도했다. 이에 대해 종합건설업계는 발주자 부담 증가, 예산낭비, 하자책임 불분명, 해외수주역량 약화 등의 사유로 반대했고, 전문건설업계는 저가·불공정 하도급 원천 차단을 위해 즉각적인 시행을 주장했다. 결국 분리발주 법제화 시도는 실패했다. 반대와 찬성 논리는 적잖이 왜곡되었다. 정작 중요한 핵심이 빠졌다. 분리발주는 발주자의 사업수행방식 선택권을 확대하고, 글로벌 스탠다드 수준의 CM업무수행을 위해서다.

사반세기를 지나며 국내 CM업체들도 상당한 노하우와 잠재력을 보유하게 되었다. 이제 CM의 종합사업관리 능력 부족, 하자책임, 공기지연 및 분쟁 위험 증가 등의 우려는 제대로 된 CM을 통해 검증되어야 한다. 종합건설업체도 CM계약을 할 수 있다. 발주자가 CM 능력이 부족하다고 판단하면 분리발주 대신 통합발주를 선택하면 된다. 좌판 위 진열상품은 다양할수록 좋다.

오두막과 소나무 한 그루

발주자 직영공사 범위 역시 공중의 안전 확보와 소비자의 피해를 예방한다는 명목으로 축소되었다. '집 한 번 지으면 10년 늙는다.'라는 말이 있다. 그만큼 발주자가 종합건설업체에게 시달리는 것이다. 반면 발주자가 직접 시공해서 성공한 사례도 많다. 건설시장을 법·제도로 규제하기보다, 건설 당사자 간 계약서를 제대로 작성하도록 유도하는 게 옳다. 열린 큰마음으로 멀리 보자.

2021. 1. 31.

●

까마귀 아래 청설모,
그리고 CM

코로나 팬데믹이 1년 반 이상 지속되다 보니 여행은 언감생심이다. 더구나 해외여행은 접은 지 오래다. 이런 답답한 시절에는 해외여행 TV 프로그램이 그나마 작은 위안이다.

지난달 EBS 세계테마기행에서 페로제도 편이 방송되었다. 재작년 가을에 방영되었던 것을 살짝 편집해서 재방영한 것이다. 페로제도는 아이슬란드와 노르웨이 사이 북해 중앙에 떠 있는 춥고 황량한 군도다. 방송 중간쯤 페로제도의 새들을 박제하여 집안 가득 전시한 옌슨 케헬슨 씨의 집이 소개되었다. 아이슬란드와 페로제도에 주로 서식하는 귀엽고 앙증맞은 새인 퍼핀(Puffin) 박제와 함께 까마귀가 청설모를 물고 있는 박제도 있었다.

오두막과 소나무 한 그루

'청설모가 왜 저기 있지?' 청설모는 우리나라 산에서 흔히 볼 수 있는 날쌘돌이다. 다람쥐보다 약간 크지만, 귀 끝에 털을 삐죽 세운 모습이 여간 귀엽지 않다. 산행길에 청설모를 발견하면 왠지 기분이 상쾌해지고 콧노래가 절로 난다. 그런데 북해 외딴섬에 청설모가 산다니? 궁금해져 인터넷으로 검색해보았다. 청설모는 스칸디나비아에서 유럽, 시베리아, 중국, 한국, 일본까지 광범위하게 서식한단다. 적응력이 뛰어난 녀석이군.

얼마 전, 산행길에 그 귀염둥이가 어쩔 줄 몰라 하는 상황과 맞닥뜨렸다. 구릉산 중턱 정자 근처였다. 아주머니들이 "저놈, 저놈, 큰일 났네. 어쩜 좋아." 발을 동동 구르고 있었다. 무슨 일인가 깜짝 놀라 서둘러 올라갔다. 등산길 옆 가문비나무 줄기 중간쯤에 청설모가 놀란 눈으로 나무 꼭대기를 주시하며 부들부들 떨고 있었다. 얼른 나무 꼭대기를 올려다보았다. 꺼억 꺼억 까마귀 울음소리와 함께 사나운 날갯짓 소리가 들려왔다. 까마귀가 청설모를 노리며 당장 낚아챌 기세였다.

나는 얼른 돌멩이를 집어 들어 까마귀 방향으로 냅다 던졌다. 돌이 빗나갔는지 까마귀는 위협적으로 계속 울어댔고, 청설모는 그 자리에 얼어붙어 있었다. 다시 큰 돌멩이를 골라 까마귀 방향으로 힘껏 날렸다. 이번엔 제대로 던졌는지 까마귀가 꿰액거리며 건너편 산등성이로 쏜살같이 줄행랑쳤다. 그제서야 아주머니들이 안심했는지 청설모에게 "빨리 도망가, 어서." 재촉했다. 나도 덩달아 빨리 달아나라고 손짓했지만, 청설모는 놀라움이 가시지 않았는지 나무 꼭대기만 분주하게 살펴볼 뿐이었다. 그 모습이 너무나 처량하고 안타까웠다.

요즘 CM이 청설모 처지 같아 씁쓸하다. 이리저리 휘둘리는 행색이 여지없이 까마귀 아래 청설모다. 2021년 6월 28일 이헌승 국회의원이 건설기술진흥법 일부개정법률안을 대표 발의했다. 명분은 건설사업의 성공적인 완수를 위하여 발주자의 업무를 지원하거나 대행하고, 건설사업의 전 과정 또는 일부를 관리하여 공사비 절감, 공기 단축 등 건설사업의 생산성을 향상시키는 PM(Project Management)의 국내 활성화를 위한 제도적 정비가 필요하기 때문이란다.

많이 듣던 얘기다. 25년 전 CM이 도입될 때 내세웠던 명분과 별반 다르지 않다. 요약하자면 이제부터 CM으로 정의했던 건설사업관리를 PM이라 부르고, 건설사업관리와 감리를 다시 나누겠다는 선언이다. 그럼 CM은 어디로 갔지? PM에 잡아 먹혔나?

감리를 CM이라 부르겠다는 건가? 뭐가 뭔지 모르겠다.

CM은 국제적으로 통용되는 용어다. 국제화된 요즘은 더 이상 특정 국가가 CM의 정의를 마음 내키는 대로 변경할 수 없다. PM은 제조, 항공, 선박, 연구개발 등 모든 유형의 프로젝트에 대한 관리를 의미한다. 그중 건설프로젝트관리를 CM이라 한다. 건설산업에서 PM과 CM은 같은 말이다. 그런데 왜 CM을 버리고 PM이라 불러야 하는지, 도무지 이해되지 않는다.

물론 건설사업관리와 감리를 분리하자는 제안은 일리가 있다. 다만 전제는 CM의 발전을 위해서다. 어떤 분은 감리를 아예 발주하지 못하도록 해야 한다고 주장한다. 그런데 그건 현실적으로 불가능하다. 감리는 발주자가 책임을 회피하기 위한 합법적 수단이기도 하다. 다만 감리의 업무 범위를 품질과 안전으로 국한시키면 어떨까? 건설사가 하는 거라며 대충 흉내만 내는 공정, 원가, 계약, 정보, 기술 검토 등을 감리업무에 포함시킬 필요는 없다. 즉, 품질과 안전 이외의 업무는 CM으로 발주하는 것이다. 물론 CM을 발주하면 감리는 자동으로 포함된다.

발주자가 CM을 직접 수행할 수 있다면, 감리만 발주하면 된다. 그런데 발주자가 CM을 발주한다면 계약서에 CM의 책임조항을 추가시킬 필요가 있다. 현재 우리나라 CM계약은 CM for Fee 방식이라며, CM의 잘못에 대해 법적·재무적 책임을 부과할 수 없다고 주장한다. 이러한 계약방식에서는 제대로 된 CM을 기대하기 어렵다. CM을 제대로 수행하지 못했다면 당연히 법적·재무적 책임을 져야 한다. 그래야 제대로 된 CM을 수행할 것이다. CM의 책임조항은 계약서에 명시하면 된다. 물론 CM용역 대가는 책임여부에 따라 달라질 것이다.

CM의 발전 방향에 대해 다양한 제안들이 넘쳐난다. 이처럼 다양한 제안들을 오픈마인드로 진지하게 토론할 수 있는 장(場)부터 활성화되어야 한다. 이제 우리나라도 선진국이다. 소위 엘리트라는 몇몇이 밀실에서 주도하는 시대는 오래전에 지났다. 또한 자칭 각 분야를 대표한다는 몇 분이 토론 서너 번 하고 비밀스럽게 발의하는 졸속행정은 더 이상 용납되지 않는다. 다양한 의견들을 오랫동안 진지하게 경청하고 설득하는 과정이 당연시되는 개방형 인터넷 시대다.

더 이상 CM을 청설모 신세로 방치하지 말자. CM을 담비나 족제비로 키워, 까마귀에 당당히 맞설 수 있도록 해야 한다. 그

오두막과 소나무 한 그루

래야 숲속의 평화도 찾아올 것이다.

2021. 7. 26.

4

공정관리

공정관리에 대한
인식전환의 계기

　인식전환(認識轉換). 가지고 있던 생각이나 개념을 바꾸는 일. 참으로 어려운 얘기다. 잘 풀리지 않거나 진전이 없을 때, 생각을 바꾸라는 말을 자주 한다. 삼성 이건희 회장이 취임하며 '자기 마누라, 자식 빼고 다 바꿔라.'라고 했던 일성(一聲), 인식전환의 대표적인 사례. 삼성이 오늘날 세계적인 글로벌 회사로 성장하게 된 계기라고 한다.

　우리나라 경제가 6·25 이후 수많은 고비를 넘기며 오늘날 선진국 반열까지 다가선 것은 원유파동, 금융위기, 정세급변 등과 같은 위기상황 속에서 발휘되었던 인식전환 덕택이 아닌가 싶다. 인식전환은 좋지 않은 상황을 극복하기 위한 도구로서 많이 언급되는데, 대부분 충격적인 사건을 동반한다.

오두막과 소나무 한 그루

최근 몇 달 동안 공정관리의 인식전환에 영향을 끼칠 만한 두 가지 중요한 사건이 있었다. 첫 번째는 10월 30일, '서울지하철7호선연장공사에 참여했던 12개 건설사가 공사기간 연장에 따른 추가 간접공사비 약 140억 원을 서울시에 청구한 사건이다. 1·2심에서는 원고인 건설사가 승소했으나, 대법원은 원고 일부 승소한 원심을 파기 환송했다. 따라서 현재 건설사들이 정부를 상대로 청구해 계류 중인 간접비 소송 약 260여 건, 소송가액 약 1조 2천억 원은 대부분 패소할 것으로 전망된다.

　건설업계는 상식에 어긋나고 불공정한 판단이라며 강력 반발하고 있다. 특히 공기지연 시 발주자가 지체상금을 원칙대로 부가하는 것과 비교해 형평성에 맞지 않는다는 것이다. 건설사의 간접비는 현장사무소 운영, 기술자 배치 등 현장관리에 필요한 비용이므로 공사기간이 길어질수록 간접비는 증가할 수밖에 없다. 장기계속공사에서 발주자가 제때 예산을 확보하지 못해 공사기간이 연장되었으니, 발주자가 건설사의 간접비 증가분을 당연히 보상해야 한다는 것이다.

　반면 대법원은 장기계속공사계약에서 총괄계약의 효력은 계약상대방의 결정, 계약이행의사의 확정, 계약단가 등에만 영향을 미칠 뿐이고, 계약상대방이 이행할 구체적인 내용, 계약상대방에게 지급할 공사대금의 범위, 계약의 이행기간 등은 모두 연차별 차수계약을 통해서 구체적으로 확정된다고 보았다.

또한 장기계속공사계약의 총괄계약에서 정한 총공사기간의 구속력을 인정하는 것은 예산일년주의에 반하고 국회의 예산심의 확정권 내지 의결권을 침해할 여지가 있어, 1년 이상 진행되는 계약에서 총공사기간의 구속력은 계속비계약에 한해 인정할 수 있을 뿐 장기계약공사에서는 인정할 수 없다고 했다.

그리고 장기계약공사에서는 연차별 공사가 완료될 때마다 공사대금을 정산하며, 계약금액의 조정이 필요한 경우 연차별 준공대가 수령 전까지 실비를 초과하지 않는 범위에서 산출근거를 제출해야 한다고 했다.

건설사들은 장기계속공사계약을 퇴출시키고 계속비계약으로 전환해야 한다고 주장한다. 그러나 국가예산이 일 년 단위로 심의·확정되는 관행으로 볼 때 쉽지 않아 보인다. 그렇다면 어떻게 할 것인가? 대법원의 최종 판결이 나왔으므로 소송 당사자들은 판결을 존중하고 따를 수밖에 없다. 판결 중 '계약금액의 조정

오두막과 소나무 한 그루

이 필요한 경우 연차별 준공대가 수령 전까지 건설사가 산출근거를 제출해야 한다.'라는 내용이 건설사가 간접비 증가분을 청구할 수 있는 유일한 근거로 판단된다.

국내·외를 막론하고 공기와 관련된 분쟁에서 가장 강력한 증거자료는 공사기간 동안 잘 관리된 CPM공정표이다. 건설사가 연차별로 간접비 증가분을 정확히 산출해서 신속하게 제출하기 위해서는 차수별 공사기간 동안 CPM공정표를 제대로 작성하고 관리하는 것이 최선이다.

현재 대부분의 발주자나 건설사는 CPM공정표를 제대로 관리하지 않고, 바차트 공정표나 공문에 의해 공정과 관련한 의사소통을 하고 있다. 이러한 바차트 공정표 또는 공문은 공사 진행 과정에서 발생하는 발주자 또는 건설사의 귀책사유를 논리적으로 정확하게 표현하지 못해, 법정에서 공정관리 증거자료로 거의 채택되지 않는다.

발주자와 건설사가 공식적으로 동의한 수정된 CPM공정표는 공기지연 책임을 규명하는 가장 명백한 증거자료다. CPM공정표는 초기에 확정되고 정기적으로 수정되어야 한다. 만약 CPM공정표가 연차별 차수기간 동안 잘 관리되었다면, 이를 근거로 공기지연 귀책사유를 판단해서 건설사에게 지체상금을 부과하거나 공기연장과 함께 간접비를 보상하면 된다.

두 번째 사건은 12월 4일, 국토교통부 훈령으로 입법예고한 '공공건설공사의 공사기간 산정 기준'이다. 국토부의 취지는 최근 논란이 되고 있는 공기지연에 따른 간접비 소송 등이 적정공기에 대한 기준이 없어 발생한 문제이기 때문에 적정기준을 만들겠다는 것이다. 그동안 발주자가 공사를 입찰하면서 공사기간을 제시할 때 구체적인 기준이 없었다. 업계에서 적정공기에 대한 필요성을 꾸준히 제기해왔는데, 국토부가 이를 받아들였다는 점에서 의미가 있다.

미국이나 일본 등에서는 이미 이러한 기준을 마련해서 운영하고 있다. 그런데 12월 6일, 이와 관련된 공청회에서 국토부가 제시한 공기산정기준, 설계자로 하여금 공사기간을 산정하고 산출근거를 명시해서 설계성과품으로 제출하도록 한 것 등에 대해 토론자들이 문제를 제기했다고 한다.

물론 국토부가 제시한 공사기간 산정기준이 정확하지 않을 수

오두막과 소나무 한 그루

있다. 건설공사의 특성상 국토부가 제시한 기준을 천편일률적으로 적용하긴 쉽지 않다. 현재 대부분의 설계업체들은 CM/감리 업무를 병행하고 있는데, 공정표를 검토하고 승인하는 업무만 수행한다. 이번 훈령은 설계자, 즉 CM/감리자가 CPM공정표를 직접 작성해서 시공자에게 제시하라는 의미로 읽힌다. 설계자가 CPM공정표를 작성하는 비용은 설계용역비에 포함시키면 된다.

설계자가 작성한 CPM공정표는 기준공정표가 될 수 있다. 계획에서 정확하다는 말은 큰 의미가 없다. 계획은 실제 상황에 맞게 계속 수정되어야 하기 때문이다. 훈령에는 설계자가 제시한 공정표를 시공자가 원하는 공사방법과 순서로 수정 제안할 수 있다고 했다. 금번 국토부가 입법예고한 훈령이 완벽하진 않지만, 공정관리 활성화에 기여할 것 같다.

최근 민간공사에서도 공기 관련 분쟁과 소송이 증가하고 있다. 여기엔 체계적이며 논리적인 CPM공정관리가 정답이다. 공정관리는 건설 소프트웨어 핵심 능력 중 하나다. 따라서 전문가 또는 전문그룹에 한정된 업무가 아니다. 발주자, CM/감리자, 시공자 모두 CPM기법을 정확히 이해하고, 다 함께 공유하는 직접 수행업무로 정착시키고 익숙해져야 한다. 최근 발생한 두 사건이 공정관리에 대한 인식을 전환시키고, 국내 건설관행을 글로벌 스탠다드에 맞게 변화시키는 촉매제가 되길 기대한다.

2019. 1. 21.

오두막과 소나무 한 그루

CPM공정관리를
해야만 하는 이유

　서강대 최진석 교수는 그의 저서 『경계에 흐르다』에서 '한쪽을 택하면 과거에 막히고, 경계에 서면 미래로 열린다.'라며 정곡을 찌른다. 간만에 정신 번쩍 들게 하는 철학자다. 동년배인데 압도적으로 깨어 있다. '과거에 고착되어 있으면 진보적인 삶은 구현되지 못한다. 지속 부정을 통해 부정을 살아 있게 해야 한다.' 속 시원한 역설이다.

　요즘 공기 관련 분쟁 때문에 건설현장 공정관리를 깊숙이 들여다볼 기회가 많다. 공기 관련 분쟁 대부분은 공기지연 책임을 다투는 것이다. 법정에서는 대부분 CPM공정관리를 근간으로 판단한다. 국내 역시 마찬가지다. 이제 제대로 된 CPM공정관리 기록이 무엇보다 중요하다.

법정에서 받아들여지는, 제대로 된 CPM공정관리란 무엇인가? 첫째, 공사 초기에 합의된 완전한 CPM공정표가 있어야 한다. 완전한 공정표란 네트워크상 모든 작업들이 선·후행으로 연결되어 있고, 빠지거나 생략된 작업이 없는 것이다. 둘째, CPM 공정표는 주기적으로 정확하게 실적관리되어야 한다.

즉, 네트워크상 Activity의 실제 착수일과 실제 종료일이 정확하게 기록되어야 한다. 이를 검증하기 위해 작업일보에도 Activity별 작업현황을 정확히 기록해야 한다.

그런데 현실은 그렇지 않다. 네트워크에는 빠진 작업들과 잘못된 연결관계가 수두룩하고, 아예 네트워크 실적관리를 하지 않거나, 작업일보에 Activity별 작업현황을 기록하지 않는경우도 많다.

그렇다고 현장에서 공정관리를 하지 않느냐? 그렇지 않다. 워드, 엑셀, 또는 파워포인트로 별도의 상세 공정표를 만들어 회의자료에 열심히 첨부한다. 그런데 문제는 그런 상세 공정표가 CPM공정표와 일치하지 않는다는 데 있다. 한마디로 CPM공정관리는 계약서에 있으니 흉내만 낼 뿐, 실제는 CPM공정관리와 관계없는, 법정에서 받아들이지 않는 별종의 공정관리만 하는 것이다. 물론 CPM공정관리를 제대로 하는 현장도 있을 것이다.

CPM공정관리는 공정관리 프로그램을 필요로 한다. 현재 대부분의 공정관리 프로그램은 PDM기법 기반이다. PDM기법 이전에는 시각적 표현이 우수한 ADM기법이 대세였다. ADM기법은 작업 간 논리가 Finish-to-Start(FS)에 국한되어 있고, 실적 표현이 잘 안된다. 그래서 계획용으로 적합하다. 그런데 PDM기법은 작업 간 중복관계 표현이 가능하고 실적 표현도 자유롭다. 이것이 PDM기법이 ADM기법을 제압하고 독주하는 이유다.

PDM 공정표는 바차트 공정표에 논리를 추가한 형식이다. PDM 공정표에서 작업 간 논리를 숨기면 바차트 공정표와 똑같다. 덕분에 Activity 수가 많아지면 작업 간 논리연결이 쉽지 않고, 전체 공정 흐름 파악도 어렵다. 혹자는 PDM기법이 공정관리를 바차트로 퇴보시켰다며 개탄한다. 맞는 말이다. 그래서 PDM기법을 극복하기 위해 새로운 기법들이 제안되고 있다. LDM기법, RDM기법, BDM기법 등이다.

그런데 국내 일부 공공건설사업에서 공정관리기법 제한이 계속되고 있다. 입찰안내서(RFP)에 ADM기법과 PDM기법만 명시하는 것이다. 시대를 읽지 못한 착오다. 물론 담당자가 새로운 공정관리기법들에 대해 모를 수 있다. 그렇다면 CPM공정관리만 명시하고, 나머지는 자유롭게 열어놓으면 된다. 창의적이고 자유로운 경쟁에 맡겨놓으면 되는 것이다.

더욱 황당한 것은 공정관리 프로그램을 지정하는 것이다. 대부분 프리마베라 또는 MS-Project이다. 프리마베라와 MS-Project는 PDM기법 기반의 외국 민간기업 상용제품이다. 특정 민간기업에 대한 특혜이고, 명백한 불법이다. 국내에서 개발된 공정관리 프로그램들인 ADM/PDM기법 기반의 Neo-Plan과 EZ-PERT, BDM기법 기반의 비라이너(Beeliner)도 있다. 이들에게도 공정한 기회를 주어야 한다.

CPM공정관리를 일정/비용/자재 통합관리로 잘못 이해하는 경우가 있다. 통합은 일정관리가 제대로 된 다음의 문제다. 일정관리도 제대로 못 하는 어린아이에게 내역과 자재라는 무거운 짐을 더 얹어, 공정관리 본질인 일정관리마저 위태롭게 해선 안된다. 간혹 공정관리 잘하자고 하면, "공정관리 열심히 하는데요."라며 항변하기도 한다. 그런데 대부분 제대로 된 CPM공정관리가 아니라, 법정에서 받아들이지 않는 별종의 공정관리에만 열심일 뿐이다.

역사 속에는 수많은 신기술이 있었다. 그것은 변화의 상징이었다. 그러나 어느 순간 조금씩 부정당하기 시작한다. 과거를 딛고 미래로 도약하기 위해서다. 세상에 변하지 않는 것은 아무것도 없다. 우리 공정관리도 변해야 한다. 변해야 살아남고 진화하는 것이다.

국내 공정관리는 여전히 혼란스럽다. 그런데 공기 관련 분쟁은 점점 늘어나고 있다. CPM공정관리를 해야만 하는 이유는 차고 넘친다. 이제 공공건설사업에서부터 시대착오적이며 불법적인 관행을 멈추어야 한다.

그리고 Top에서부터 CPM공정관리에 적극적이어야 한다. 법정에서 받아들이느냐 여부를 떠나서 이제 별종의 공정관리는 접고, 제대로 된 CPM공정관리에 익숙해져야 한다. 그게 건설선진국의 모습이다.

2019. 5. 9.

변화를 이끄는
발주자의 의지

갑작스러운 연락이었지만 반가웠다. 국토교통부가 훈령으로 입법예고한 '공공건설공사의 공사기간 산정 기준'이 적용되는 프로젝트에 기술자문 참여의사를 묻는 전화였다. 지난해 입법이 예고되었으나 실제 적용되려면 시간이 걸리겠거니 잊고 있었는데 뜻밖이었다. 자문 요청을 단숨에 승낙했다. 서둘러 신청서를 제출했고, 다행스럽게 자문위원으로 선정되었다.

국토부 훈령은 개략적인 가이드라인이다. 자세한 사항은 공공기관 스스로 만들어가야 한다. 이번 자문은 어떻게 해야 하지? 그동안 요청받은 자문과 다르다. 국내 건설업이 발전하는 순간을 함께하는 것이다. 제대로 된 사례를 만들어야 한다. 눈이 빡빡해지며 예민해졌다.

오두막과 소나무 한 그루

자문위원으로 선정되자 설계사들이 공사기간 계획서를 보내주었다. 설계사들은 토목, 전기통신, 건축 분야였다. 공사기간 계획서에는 시공계획, 주요공종 작업수량, 비작업일수 산정, 공사기간 산정 등이 담겨 있었다. 토목 분야 자료가 가장 많았다. 국토부 훈령에 맞추기 위해 노력한 흔적이 역력했다.

그런데 업무분류체계(WBS)는 없고, 적정공기를 검증할 만한 CPM공정표도 없었다. 엑셀로 만든 바차트 공정표가 전부였다. 전기통신 분야도 토목 분야와 별반 다르지 않았다. 건축 분야 자료가 가장 부실했다. WBS는 없었고, 주요 공정이라며 10여 개 작업만 공사기간을 산정했다. 공정표는 엑셀로 만든 바차트인데, 토목·전기통신 분야보다 부실했다.

어느 정도 예상했으나 너무나 실망스러웠다. 자료 검토기간은 2주이고, 검토의견은 자문회의 개최 2일 전까지 제출하면 된다. 그런데 검토의견이 꽤 많았다. 회의 2일 전에 검토의견을 주면 설계사들이 반영할 시간이 모자랄 듯싶었다. 4일 만에 서둘러 검토의견을 작성해 이메일로 보내주었다.

검토의견은 대략 다음과 같았다. 본 안건은 국토부 훈령 '공공

건설공사의 공사기간 산정기준'을 적용하는 사례로서, 향후 발주될 공공건설사업의 중요한 선례가 되어, 국내 건설산업 발전에 막대한 영향을 미칠 것이므로, 높은 완성도가 보증되어야 한다고 전제했다.

그리고 공사기간 계획서에서 시공계획, 주요공종 작업수행, 비작업일수 산정, 공사기간 산정 등은 확인할 수 있지만 WBS를 확인할 수 없으며, 예정공정표가 엑셀로 만든 바차트이고, 로직들이 부정확하게 표현되어 전체 공사의 흐름과 주공정선(Critical Path, CP)의 적정성 검토가 어렵다고 했다. 그러니 시설별 WBS를 제시하고, WBS를 기준한 Activity를 만든 다음, CPM 네트워크를 만들어 주공정선의 공기 적정성과 시설물별 주요 Interface를 확인할 수 있어야 한다고 했다.

검토의견을 보낸 다음 발주자의 움직임을 살폈다. 대단히 진지했고 책임감이 충만했다. 변화의 트리거 같았다. 검토의견을 제출하고 열흘 후 자문회의가 열렸다. 자문위원들은 모두 공정관리 이론과 경험이 풍부한 분들이셨다. 마음이 놓였다. 토목분야부터 검토가 시작되었다.

　　　　　　　　오두막과 소나무 한 그루

그런데 토목 분야는 자문위원 검토의견을 전혀 반영하지 않았다. 토목공사는 CPM공정관리를 하지 않으며, 바차트 공정표로 충분하다고 했다. 머리를 한 대 쥐어박힌 듯했다. 그래서 토목공사는 작업순서와 관계없이 공사해도 되냐며 반문하면서, CPM 네트워크의 주공정선이 나와야 적정공기를 판단할 수 있지 않느냐며 강하게 질책했다. 결국 토목 분야는 WBS와 CPM공정표를 제대로 만들어 적정공기를 제시하는 것으로 조건부 채택했다.

전기통신 분야 역시 검토의견을 반영하지 않았다. 토목과 병행되기 때문이며 CPM을 잘 모른다고 했다. 토목과 같이 WBS와 CPM공정표를 만들어 적정공기를 제시하라며 조건부 채택했다.

마지막으로 건축 분야였다. 처음 제출한 자료는 가장 부실했지만, 열흘 동안 검토의견을 충실히 반영한 공사기간 계획서를 발표했다. 제대로 구성된 WBS, WBS를 기준한 Activity 목록, Activity ID 번호체계, 주공정선이 표시된 CPM공정표, 그리고 공기를 기준한 S-Curve까지 만들어 전체 공기가 적절하게 배분되었는지 확인했다. 건축 분야는 만장일치로 채택했다.

자문회의 내내 발주자의 표정은 단호했다. 국토부 훈령을 충실하게 이행해서, 타 공공기관이 참조할 수 있는 모범 사례를 만들겠다는 의지가 강했다. 자문회의 보름 후, 토목·전기통신 분야 설계사로부터 갑자기 연락이 왔다. 자문회의 결과를 반영한 공사기간 계획서를 재작성했다며 검토를 받겠다는 것이다.

전혀 예상하지 못했다. 조건부 채택인데 발주자가 결정해도 될 듯싶었기 때문이다. 토목·전기통신 분야가 다시 작성한 공사기간 계획서를 살펴보니, 건축 분야와 동일하게 WBS, Activity 목록, 주공정선이 표시된 CPM공정표를 만들어 적정공기를 산출했다. 만족스러웠다.

발주자는 이번에 작성한 공사기간 계획서를 책자로 만들어, 타 공공기관이 참조할 수 있도록 하겠다고 했다. 건설선진국이 그러하듯, 사업관리 성공 경험이 풍부한 공공의 발주자가 변화를 이끌고 있는 것이다. 왠지 우리 건설업이 한 단계 도약하는 느낌이다. 좋은 징조다.

2019. 7. 11.

직접 공정관리 하는
현장소장의 아쉬움

늦가을 소낙비는 요란했다. 물 들다 만 단풍잎들이 속절없이 떨어졌다. 직접 공정관리를 하는 K건설 L소장을 만나러 가는 길이다. 사나운 비 때문에 예감은 고약하다. 오후 6시 시청역 7번 출구를 나오며 덕수궁 대한문을 바라보았다. 어스름한 하늘빛이 거무죽죽하다. 건너편 서소문길 빌딩 꼭대기 대형 광고판만 정신없이 번쩍인다.

"조금 일찍 도착했네요." 현장사무실 앞에서 L소장에게 전화했다. "아, 그래요? 곧 나가겠습니다." 한 달 전쯤 약속한 터라 L소장 목소리는 차분했다. L소장은 사무실 유리문을 나서며 휴대폰으로 통화 중이었다. "바쁘신데 괜히 만나자고 한 것 아닌가요?", "아닙니다. 내일 시공계획 발표하는데 단장님이 자료를 미리 보고 싶답니다.", "그럼, 한잔 못 하시겠네요?", "괜찮습니다."
L소장은 껄껄댔다.

L소장을 처음 만난 건 2013년 7월경이다. 대전시 D아파트 현
장소장을 맡고 있던 때였다. 내가 개발한 공정관리 프로그램인
'비라이너(Beeliner)'를 소개하러 돌아다니던 중 현장사무실에서
만났다. 부리부리한 눈매와 두툼한 입술이 꼭 임꺽정을 닮았다.
비라이너에 대한 설명을 듣고 난 후, MS-Project 공정표를 쑥 내
밀었다. 호기심에 "누가 짰나요?" 물었더니, "제가 짰어요." L소
장은 멋쩍어 했다. "소장님이 직접 짜셨다고요?", "네.", "진짜요?",
"네." 좀체 믿겨지지 않았다.

공정관리 프로그램을 직접 다루는 현장소장은 딱 한 번 뵌 적
이 있다. 대학 5년 선배이신 S소장이다. 그런데 그분은 해외 현
장 경험이 풍부했고, 거기서 배운 공정관리 프로그램을 국내 현
장에 적용한 경우다. 그러나 L소장은 순수 국내파다.

L소장에게 더욱 놀란 건, 비라이너 설명 한번 듣고 MS-Pro-
ject 공정표를 비라이너 공정표로 바꿔버린 것이다. 기가 막혔
다. 웬만한 현장 직원들은 수십 번 가르쳐주어도 제대로 된

오두막과 소나무 한 그루

CPM공정표를 만들지 못한다. 그런데 L소장은 1시간 정도 설명만 듣고, 초창기 매뉴얼을 참고해서 멋들어진 비라이너 공정표를 만들어낸 것이다. 비라이너 개발자인 나조차 그 당시 그렇게 완벽한 공정표가 만들어질 줄 상상 못 했다. "MS-Project 공정표보다 비라이너 공정표가 보기 좋은 것 같아서요." L소장 답변은 그게 전부였다.

D아파트를 준공시키고, L소장은 충북 진천에 위치한 국가대표 선수촌 건설공사 현장소장을 맡았다. 국가대표 선수촌은 다양한 훈련시설과 지원시설들로 이루어진 복합공사다. L소장은 시설별 CPM공정표를 비라이너로 작성해서 관리했고 성공적으로 준공시켰다. L소장이 서울 한복판, H은행 통합별관 건축공사 현장소장을 맡았다는 얘기는 얼마 전 들었다. 3천억 원이 넘는데 공기는 고작 28개월인 고난이도 공사다.

현장 근처 식당 구석 자리에 앉아 안주와 소주를 주문했다. "공기가 턱없이 짧은데, 가능한가요?" 걱정스러워 했더니, "그래도 한번 해봐야죠." 씩 웃었다. 현장사무실 벽에 비라이너로 작성한 CPM공정표를 붙여놓았다고 했다. "그런데, 공정관리는 언제 배우셨나요?" 가장 궁금한 부분이었다. "그냥 혼자 배웠어요." 별거 아니라는 듯 웃었다. "무슨 계기가 있었나요?", "과장 때 C대학 건축공사의 현장소장을 맡았는데, 발주자가 CPM공정표를 제출하라기에 책 보고 독학해서 만들어주었더니 좋아하더군요." 그 후로는 무조건 공정관리 프로그램으로 CPM공정표를 만들어 현장관리를 한다고 했다. 그러면 공기가 잘 관리되고, 모두 만족한다고 했다. L소장 답변은 아주 간결했지만, 공정관리의 핵심을 정확히 짚고 있었다.

"소장님 덕분에 K건설 공정관리는 이제 많이 정착되었겠네요." 조심스럽게 물었다. "웬걸요. 회사에서 저더러 공정관리 교육을 시키라길래, 몇 차례 직원들 모아놓고 공정관리 교육을 했는데 별 효과 없어요." 한숨만 지었다. "말로는 공정관리가 중요하다며 강조합니다만, 임원들에게 공정관리 프로그램으로 작성한 CPM공정표를 보고하면 자기들에게 익숙한 엑셀로 다시 만들어 오라 한대요." 실무에서 CPM공정관리는 여전히 뒷전이라며 아쉬워했다.

직접 공정관리 프로그램을 활용해서 CPM공정관리를 하는 현장소장이 있고, 그가 성공적으로 공사를 완료하고 있음에도 회사 전체로 확산되지 않고 있는 것이다. 이런 현상은 이미 30여

오두막과 소나무 한 그루

년 전부터 반복되어왔다. 실행되지 않는 공정관리, 쓸모없는 돌덩어리일까? 금덩어리일지 모른다. 그래도 L소장 같은 분이 있어 위안을 받는다. 수제맥주로 입가심하고 전철역으로 돌아오는 길에 덕수궁 대한문을 다시 바라보았다. 밝은 조명으로 한껏 웅장해 보였다.

2019. 12. 9.

●

정말 그게 가능하다면
꿩 먹고 알 먹기다

"자동으로 공정표 만드는 과제를 함께 연구하면 어떨까요?"
주 전공이 공정관리인 탓에 오래전부터 심심찮게 받아온 제안
이다. 컴퓨터에 도면, 시방서, 내역서를 입력하면 컴퓨터가 자동
으로 CPM공정표를 만들어주는 것이다. 얼마나 멋진가? 30대
초반 원자력발전소 공정관리 실무 때부터 상상해오던 꿈이다.
그래서 그 당시 초창기 인공지능 언어인 'PROLOG' 관련 책들
을 밤새 탐독하곤, IBM PC에서 실제 프로그래밍을 해보기도
했다.

오래전부터 건설현장에서 공정관리가 제대로 되지 않는 이유
에 대해 조사하고 있다. '인식부족', '교육부족', '시간부족'의 비중
이 가장 높다. 그중 '인식부족'은 많이 개선되고 있다. 아마 인터

넷을 통한 활발한 정보공유 덕택이리라. 이제 건설 관련 종사자 대부분은 공정관리가 중요하다는 사실을 잘 알고 있고, 이를 건설관리(CM)가 제대로 되는지 판단하는 척도로 받아들인다.

물론 "CPM공정관리 안 한다고 공사가 엉망 되겠어? CPM공정관리는 국내 현실에 맞지 않아. CPM공정관리 안 했어도 피라미드, 콜로세움, 경복궁 다 지었잖아."라며 우기는 분들도 여전하다. 시대의 변화를 감안하지 않는 그분들을 설득할 재주는 없다. 또한 인식은 변화되었으나 몸은 여전히 과거의 관행에 머무는 발주자, 임원, 현장소장들도 적지 않다. 이런 분들에겐 스스로 걸림돌이 되지 않도록 언행일치, 분발해주실 것을 부탁드린다. 시대의 흐름에 맞게 좀 더 잘 짓기 위한 건설인들의 끊임없는 노력과 헌신은 계속되고 있다. 현재는 4차 산업혁명 시대다. 호랑이 담배 피우던 시절 얘기를 하면 곤란하다.

두 번째 '교육부족'은 여전히 미스터리다. 요즘 대부분의 대학교에선 학부과정부터 공정관리를 철저히 교육한다. 건설·엔지니어링 관련 회사에 들어가서도, 직무교육에 공정관리는 빠지지 않는다. 대학생들에게 공정관리는 학점을 취득하기 쉬운 과목이다. 그리고 기사시험, 기술사시험에서 공정관리 문항에 대한 답변도 대부분 정답이다. 적어도 시험에서만큼은 공정관리 이론이 그렇게 난해하지 않다는 반증이다. 그런데 왜 그럴까? 아마 공정관리 교육을 받더라도 이론에 맞게 공정관리 실무를 하지 않거나, 발주자, 임원, 현장소장이 기술제안과 달리 체계적인 공정관리를 요구하지 않아 건성으로 듣고 말기 때문일 것이다. 기술제안과 실제의 괴리, 인식부족과 연계된 풀기 어려운 난제다.

세 번째 '시간부족', 이건 심각하다. 현장마다 다르겠지만, 현장 직원들이 감당해야 할 업무는 증가 추세다. 현장관리의 전산화, 시스템화가 업무를 경감시키기보다 오히려 가중시킨다. 전시효과, 감시·감독기능이 강화되기 때문이다. 특히 공사를 담당하는 직원들은 공사가 진행되는 현장 상황을 확인하고 검측하는 일에서 본사, 발주자, 감리자, 관계기관, 기타부서, 관련업체들이 요청하는 자료들을 챙기는 일까지 시간은 늘 부족하다.

현장 공정관리가 제대로 운영되기 위해서는 공사를 담당하는 직원들이 직접 CPM공정표를 만들고 운영해야 한다. 공사와 공정은 동일체(同一體)이기 때문이다. 공무가 담당하거나, 공정관리 전문직원을 별도로 두거나, 공정관리를 외주처리해도 별 효과 없다. 따라서 본래 업무만으로도 벅찬 공사담당 직원들에게 제

오두막과 소나무 한 그루

대로 된 CPM공정관리를 요구할 수밖에 없다. 그렇다면 '시간부족'에 대한 해결책은 없는가?

솔직히 30년 전에는 컴퓨터가 자동으로 공정표를 만들기 어렵다고 판단했다. 컴퓨터에 입력할 정보들이 너무 많았기 때문이다. 사례별로 프로젝트 유형을 분류하고, 설계·시공·시운전이 통합된 WBS를 만들고, 사업관리와 공정관리 업무절차, Activity 분개 및 논리연결방법, 자원과 비용을 할당하는 방법 등을 컴퓨터에 입력하고 훈련시키는 일은 불가능하다고 여겼다. 그래서 컴퓨터가 자동으로 공정표를 만든다는 생각은 아예 접었다.

그런데 이제 인공지능(AI)이 딥러닝으로 스스로 학습해서, 최적의 결과물을 만들어내는 세상이 도래했다. 소프트뱅크 손정의 회장이 예견했듯, 인간의 능력을 능가하는 초지능 AI가 인간이 평화롭고 조화롭게 살아가는 데 도움을 준다면 건설산업도 적극적으로 AI와 공존을 모색해야 한다.

공정관리 분야에서 AI에게 실제 준공된 건설공사의 공정 관련 정보들을 정리하지 않은 상태로 알려주고, 신규 프로젝트의 도면, 시방서, 내역서를 보여주면 AI가 스스로 과거 사례들을 분석하고 CPM공정표 만드는 방법을 습득해서 최적의 CPM공정표를 만들어낸다고 상상해보자. 정말 그게 가능하다면, 국내 건설현장에서 공정관리가 제대로 되지 않는 이유들은 단숨에 해결될 것이다. 더욱이 AI가 자동으로 CPM공정표를 만들도록 하는 과정에서 엄청난 진보도 있을 것이다. 꿩 먹고 알 먹기인 셈이다.

2020. 3. 5.

오두막과 소나무 한 그루

엉뚱하게 확인한
완료공정표의 효용성

  "똑똑" 연구실 문을 노크하기에 "들어오세요." 했더니, 학생 두 명이 문을 살짝 열고는 멈칫거렸다. "무슨 일이니?", "저자 사인 받으러 왔습니다."라며 불쑥 책을 내밀었다. 내가 저술한『건축과 교수는 이렇게 집을 짓는다』였다. "그래, 책 이리 주거라." 얼른 사인해주었더니 둘 다 환하게 웃었다.

  그중 평소 당돌한 끼가 있던 학생이 갑자기 "집 지으면서 녹음하셨나요?" 질문했다. 무슨 뚱딴지같은 소린가 싶었다. "책에 대화내용이 많은데 그걸 어떻게 다 기억하실 수 있나요?", '아하, 책의 서술 형식이 일기체가 아니라 대화체라 의아했던 게로군.' 곧바로 알아듣곤, "그건 말이야, 작업일지를 상세하게 써놓고 완료공정표를 참고하면 충분히 기억해낼 수 있어." 짐짓 자신 있게 대답했다.

공기지연 분석용 CPM공정표에는 크게 세 종류가 있다. 계획
공정표(As-Planned Schedule), 수정공정표(Revised Schedule), 완료
공정표(As-Built Schedule)다. 계획공정표는 앞으로 진행될 작업
과 논리들을 추정해서 만들기에 많은 노력과 정성이 필요하다.

그런데 요즘 계획공정표를 아예 외주업체에 맡기는 원청업체
들이 늘고 있다. 그것도 턱없이 싼 가격으로 말이다. 계획공정표
만들기 귀찮아선지, 계획공정표 만들 능력이 부족해선지 알 수
없다. 그런데 외주업체에서 만들어온 계획공정표를 원청업체가
제대로 확인하지 않고 발주처에 토스하는 경우가 있다. 이런 경
우 CM이나 감리에서 걸러주어야 하는데, 어찌된 영문인지 계획
공정표의 중간 마일스톤만 맞으면 대부분 승인해준다. 그리곤
한 쪽 벽면에 큼지막하게 붙여놓는다.

일부 프로젝트에서는 처음 만든 계획공정표를 준공시점까지
그대로 붙여놓기도 한다. 계획공정표는 절대 남에게 맡겨서는
안 된다. 원청업체의 현장팀이 직접 만들어야 한다. CPM에 대
해 잘 모르면 외부 자문을 받으면 된다. 반드시 고쳐야 할, 잘못

오두막과 소나무 한 그루

된 관행이다.

 아무리 잘 만든 계획공정표도 실제 상황에선 어긋나기 일쑤다. 계획은 계획일 뿐이다. 그래서 계획은 실적을 반영해서 수정해야 한다. 계획공정표에 특정시점(Data Date)을 기준해서 실적을 입력하고, 잔여일정을 프로젝트 완료일에 일치시킨 공정표가 바로 수정공정표다.

 국내 현장에서 계획공정표에 실적을 입력하는 경우는 많지 않다. 계획공정표의 신뢰성이 떨어지니 실적 입력에 신경 쓰지 않는 것이다. 그런데 수정공정표는 공기 관련 분쟁에서 가장 명확한 증거자료다. 최근 공기 관련 분쟁은 확산일로다. 공공·민간 프로젝트를 가리지 않고 치열해지고 있다. 미국이나 유럽을 닮아간다. 제대로 된 수정공정표를 작성하는 관행, 더 이상 미룰 수 없는 이유다.

 완료공정표는 공사가 실제 진행된 순서 그대로 표현한 공정표다. 수정공정표에는 계획공정의 논리만 표현할 뿐 실적공정의 논리는 표현하지 않는다. 그런데 완료공정표는 실적공정의 논리를 그대로 표현한다. 완료공정표가 존재하면 공기지연 분석은 일사천리다. 국내에서 완료공정표를 작성한 사례는 찾을 수 없다. 그래서 완료공정표가 중요하다고 이론적으로만 알고 있을 뿐, 그 효용성을 확인할 기회는 없었다.

상가주택을 지으면서 세 종류 공정표의 효용성을 확인하고 싶었다. '내가 발주자이고, CM이고, 시공자이니 가능하지 않을까?' 공정관리 프로그램은 비라이너(Beeliner)를 사용했다. 우선 심혈을 기울여 계획공정표부터 만들었다. 시공 중에는 보름 간격으로 실적을 입력한 수정공정표와 실제 공사순서를 그대로 표현한 완료공정표도 만들었다. 애당초 완공 후 집 짓는 과정을 출간하기로 마음먹었기에, 작업일지도 최대한 상세하게 기록했다.

처음엔 작업일지를 조금 수정해서 일기체 형식으로 책을 쓰려 했다. 그런데 일기체는 자칫 지루해져 독자의 흥미를 반감시킨다. 반면 대화체 형식은 읽기에 편하지만 분량을 증가시킨다. 고민 끝에 대화체 형식을 선택했다.

대화체에선 공종 간, 사람 간 인터페이스가 중요하다. 작업일지는 공사기록이므로 공종 간, 사람 간 인터페이스를 표현하지 않는다. 반면 완료공정표는 공종 간, 사람 간 인터페이스를 논리

오두막과 소나무 한 그루

로 표현한다. 인터페이스는 곧 대화다. 완료공정표를 통해 공사 진행 중 오갔던 대화를 선명하게 떠올릴 수 있었다. 결국 560페이지에 달하는, 대화체 형식의 집 짓는 이야기 탈고가 가능했다. 실제 사례가 없어 확인할 수 없었던 완료공정표의 효용성을 조금 엉뚱한 상황에서 확인한 것이다.

장시간 설명을 듣던 두 학생에게 "이제 이해되었니?", "아니요, 잘 모르겠습니다.", "열심히 공부하면 알게 될 거야.", "네, 열심히 하겠습니다." 넙죽 절하고 나가는 뒷모습이 너무나 의젓했다.

2020. 5. 25.

현장 가까이
머물고 싶다

"이번에는 제가 직접 해볼까 합니다.", "그러지 마시고, 대학원생 보내주시면 안 될까요?" 대답이 영 시원찮다. 모처럼 계획공정표 만들고 주기적인 실적관리까지 부탁하기에 한껏 의욕을 내비쳤지만 꽤나 부담스러운 모양이다. 하긴 육십 넘은 교수가 현장에 들락거리면 여간 불편하지 않을 터. 그래도 은퇴 전, 한 번더 현장 분위기에 빠져보고 싶다. 과욕일까?

25년 전, A공항터미널 건설공사 입찰을 준비하고 있었다. 그당시 국내에 공항터미널 건설공사 공정계획을 수립할 만한 전문가가 없어, 입찰 컨소시엄 파트너였던 미국업체 B사에 도움을요청했다.

　　　　　　　　오두막과 소나무 한 그루

일주일 후 B사의 공정관리 전문가 C씨가 합류했다. 70대 중반의 노인이었는데 말투는 어눌했고 몸놀림은 불편했다. 다만 꽉 다문 입술에 완고함과 심술이 가득했다. '노인 한 분이 1조 원짜리 공항터미널 건설공사 CPM공정표를 만들 수 있을까?' 의구심이 들었다. C씨는 도면부터 살피더니, 이내 이메일을 보내기 시작했다. 나중에 안 일이지만, B사 본사와 세계 곳곳에 있는 B사 공정관리 전문가들에게 관련 자료를 요청한 것이다.

2~3일 정도 지나자 답변이 오기 시작했고, C씨는 곧바로 공정표를 만들기 시작했다. 옆에서 지켜보던 파트너인 나에게 질문이나 협조 요청은 없었다. 오로지 이메일로만 의사소통했다. 처음에는 그러려니 했는데, 아무리 기다려도 함께 일할 생각이 없기에 은근히 화가 났다. 그런데 공항터미널에 대해 아무것도 모르니 그저 지켜볼 수밖에 없었다.

간혹 C씨가 작업하는 걸 어깨너머로 살펴보면, C씨는 얼른 손으로 가리고 '야 도둑놈아, 저리 가!'라는 듯 찡그렸다. 결국 나는 C씨와 멀찌감치 떨어져 그와 상관없는 깜깜이 공정표를 만들 수밖에 없었다. 가끔 내가 작성 중인 공정표에 대해 의견을 묻기라도 하면, 코웃음 치며 거들떠보지 않았다. '아니, 같은 팀인데 왜 이러지?' C씨 행동을 도저히 이해할 수 없었다.

그렇다고 일과 후 우리와 어울리지도 않았다. 하긴 그 당시 70 대 중반 노인과 30대 중후반 팀원들과 공감대가 있을 리 만무했다. '아무리 그래도 그렇지. 같은 팀인데 외부 전문가와만 이메일 소통하며 CPM공정표를 혼자 만들고 있으니….' 불쾌하기 짝이 없었다.

C씨는 3주 만에 CPM공정표를 완성하고는 홀연히 사라졌다. 입찰팀은 C씨가 만든 공정표를 검증하지 못한 채 제출했다. 결국 입찰에서 탈락했다. 나중에 안 일이지만 C씨는 B사 소속이 아니었다. 특정 프로젝트와 단기계약으로 공정표를 만들어주는 공정관리 프리랜서였다. 그런데 수고비는 엄청났다. 국내 파트너 업체들이 항공료와 체재비, 인건비 3만 불을 지급했다고 들었다.

여하튼 C씨 덕분에 공정관리 전문가는 나이가 들어도 통한다는 사실을 깨달았다. 그래서 '나도 은퇴하면 공정관리 전문가로 활동해야지.' 야무진 꿈을 꾸게 되었다. 지금도 여전히 현장 감각을 유지하려 애쓰는 이유다. 사우디 건설현장에서부터 국내

오두막과 소나무 한 그루

대형 국책 건설사업까지 외국 CM 전문가들을 많이 접해왔다. 대부분 오랜 경험과 관록을 가지신 분들이었다. C씨와 동년배 분들도 적지 않았다. 그분들 특징은 전문분야가 확실하고, 시스템과 절차에 익숙하며, 의사소통의 달인이라는 점이다. 온화하지만 단호함이 배어 있다. 덕분에 프로젝트는 잘 굴러간다.

그런데 우리 건설현장에서 경험과 관록은 존중받고 있는가? 우리 건설현장이 젊어서인지, 아니면 세상이 빨리 변해서인지, 나이 지긋한 전문가들을 꺼려하고 불편해한다.

건설기술은 IT나 BT기술과 다르다. 자고나면 숨 가쁘게 발전하는 기술이 아니다. 사람과 사람이 부딪히며 만들어가는 기술이다. 그래서 연륜과 경험이 더할수록 농익어간다.

건설에서도 전문분야는 꼭 필요하다. 이것저것 모두 잘하긴 쉽지 않다. 한 분야에 깊숙이 발을 담근 채 다른 분야와 소통하며 어울리는 곳. 물론 지휘자가 있다. 지휘자도 전문가인 곳, 그곳이 건설세상이다.

C씨를 이해한다. 자신의 전문지식을 방어하고 싶은 심정, 경

쟁에 시달리다 보면 그럴 수 있다. 그래도 심했다. 의사소통을 하지 못하는 전문지식은 결국 실패하고 만다. 아마 C씨에게 그 당시 대한민국은 보잘 것 없는 존재여서 그랬는지 모른다. 그러나 내가 만난 대다수 외국 CM 전문가들은 그렇지 않았다. 의사소통에 적극적이었고 친절했다.

"제가 직접 한다니까 부담되나요?", "네.", "알겠습니다. 대학원생 보낼게요. 그런데 실무 경험이 없어 공정표를 혼자 짤 수 없어요.", "저희가 준비한 자료를 비라이너로 표현만 하면 됩니다." 결국 엑셀로 만든 공정표를 비라이너 형식으로 바꿔달라는 의미다. '이번에도 제대로 된 공정관리는 어렵겠군.' 포기는 빠를수록 좋다. 또 다시 기회가 올 것이다. C씨 나이까지 현장 가까이 머물러야겠다.

2020. 6. 23.

오두막과 소나무 한 그루

●
계약 분쟁
포럼에서

얼마 전 '건설공사 공기지연 클레임과 분쟁의 발전방향'이란 주제로 계약 분쟁 포럼이 개최되었다. 코로나 사태로 학술모임이 열리지 않아 좀이 쑤시던 참에 반가웠다. 개최 공지 이메일을 받자마자 참가신청을 했다. 고우(故友) 만나듯 어깻바람이 절로 났다.

포럼 주제는 세 파트로, 발표시간은 각 20분에 불과했다. 첫 번째 주제는 아끼는 후배 K교수가 발표한 '국내 건설공사 공기지연 분쟁 사례 분석과 시사점'이었다. 최근 공기지연 분쟁 사례 건수와 금액이 급증하고 있으나 대비가 부족하다는 지적이었다. 꼼꼼한 통계분석이 돋보였다.

두 번째 주제는 J변호사가 발표한 '건설공사 공기연장 분쟁의 주요 이슈'였다. 공기지연 분쟁에서 처분문서의 중요성을 보고문서와 비교 설명하니 쉽게 이해되었다. 세 번째 주제는 친근한 H건설 K박사가 발표한 '해외 건설 공기지연관리 핵심 성공요인과 국내 건설에 대한 시사점'이었다. 해외 건설 공기지연 클레임과 분쟁 사례에서 벤치마킹할 사항들을 짚어주었다. 매우 유익했다. 짧은 발표 시간에도 내용은 매우 알찼다. 오길 잘했다.

발표 후 토론 역시 진지했다. 사회자이신 H박사의 능란한 토론 진행 덕분이다. 토론은 공공사업의 차수별 계약관행을 장기계속비 계약으로 바꾸어야 하고, 클레임 제기에 Time-Bar(시간제한) 개념을 도입해야 하며, 현장실무자들이 공기지연 클레임과 분쟁에 대한 사전 지식이 부족하다는 점 등등으로 활발하게 이어졌다.

그런데 방점은 역시 CPM공정관리를 법·제도로 강제해야 한다는 것에 찍혔다. CPM공정관리가 국내에 도입된 후 한 해도 빠짐없이 제기된 주장이다. 그런데 이해되지 않는 게 있다. 계약문서에 공정표가 포함되지 않아 법적 강제성이 없단다. 그게 맞는 말인가? 제안서가 계약문서라면 제안서에 기술된 공정관리계획

오두막과 소나무 한 그루

역시 계약문서에 속하는 게 아닌가? 헷갈린다.

VE, BIM 등 해외 신기술들이 국내에 소개되자마자 법·제도로 강제되었던 것과 비교하면, CM원조기술인 CPM공정관리는 아직 법·제도로 강제되고 있지 않으니 아이러니컬하다. 개인적으로 CPM공정관리를 법·제도로 강제하자는 주장에 적극 동참하지 않았다. 법·제도로 강제한 신기술들이 용두사미로 전락하는 경우를 여러 번 봐왔기 때문이다. 법·제도가 만병통치약은 아니다.

특히 준비가 덜 된 상태에서 법·제도로 강제하면 시장은 허둥댈 수밖에 없다. 법·제도에 맞추기 위해 편법이 동원되고, 비전문가가 전문가인 양, 무경험자가 경험자인 양, 법·제도의 빈틈을 노린 기회주의자들이 판을 친다. 결국 건설산업이 전진하기보다 편법과 불법의 악순환 고리에 빠져든다. 그래서 CPM공정관리만이라도 시장기능에 맡겨 활성화되길 바랐다. 그런데 쉽지 않다. 공기지연 클레임과 분쟁이란 거대한 쓰나미 앞에서 CPM공정관리는 여전히 흔들리고 있다.

포럼 후 저녁식사 자리에 발표자들과 주요 참석자들이 함께했다. 관심사가 동일하니 격의 없이 속마음을 털어놓는다. 내가 먼저 운을 뗐다. "공기지연 문제 해결방안은 간단하지 않나요?" 시선이 나에게 쏠린다. "CPM공정표 제대로 만들고, 주기적으로 잘 관리하면 되는 거 아닙니까?" 잠시 침묵이 흐른 뒤, H건설 K과장이 "CPM공정관리할 능력이 없어요." 우물거렸다.

H건설은 국내 최대 공정관리조직을 갖춘 회사다. "H건설도 못한다는 건가요? 공정관리조직이 70~80명 정도 되지 않나요?" 놀랐더니, K과장이 "올해 초 공정관리조직이 사업본부별로 뿔뿔이 흩어졌어요." 나직이 읊조렸다. 갑자기 머리를 한대 쥐어박힌 듯했다. K과장 옆에 있던 L과장이 "시공사에서 CPM공정관리 안 하려고 해요. 공정관리 문제 생기면 발주자보다 시공자 책임이 훨씬 커요." 결국 CPM공정관리 제대로 해서 불이익 받을 필요 없다는 얘기다. 건설후진국에 머물려고 용을 쓰는군.

가만히 듣고만 있던 K박사가 "이제 해외 건설공사에서도 CPM공정관리를 하지 않아요." 한 술 더 떴다. 해외 건설조직에서 로컬인력 비율이 높은데, 로컬에 공정관리 전문인력이 없다는 것이다. 그렇다면 국내에서 파견하면 되지 않나? 국내 CPM공정관리도 제대로 못하는데 해외 파견은 꿈같은 얘기란다. 해외 건설 손실 대부분이 부실한 공정관리 탓이라니, 갈수록 태산이다.

오두막과 소나무 한 그루

그래, 아직 상처 덜 입었고 손실도 견딜 만한 것이다. 계속 혼쭐나다 보면 빨리 깨닫는 당사자부터 공정관리 챙기겠지. CPM 공정관리를 법·제도로 강제하는 일에 적극적이지 않았지만, 그렇게 해야 한다면 힘을 보태야겠다. 다른 신기술들과 달리 CPM 공정관리는 오랫동안 실무에서 검증되었고 필요성도 공감한다. 법·제도로 정리할 때가 되었다.

2020. 11. 5.

●

공정관리가
침몰하고 있다

　연일 견디기 힘든 더위가 기승을 부린다. 웬만하면 대중교통을 이용하는데, 도저히 안 되겠다 싶어 차를 몰고 강남으로 향했다. 중견 CM회사 회장님, 사장님과 점심 약속이 잡혀 있다. 코로나 확진자 수가 매일 기록을 갈아치우는데 여름휴가 때문인지 도심은 한가하다.

　식당 문을 열고 들어가니 강력한 에어컨 한기(寒氣)가 반갑다. 강남 중심가는 아니지만 꽤나 유명한 식당인데도 한산하다. 손님보다 종업원 수가 많아 보인다. 오늘 모임을 주선한 동년배 CM교수님이 환한 표정으로 들어선다. "신수가 훤하십시다.", "웬걸요. 집에 콕 박혀 있으니 창백한 거지요." 소탈하게 웃는다. 참 좋으신 분이다. 일상(日常)을 화제 삼아 가볍게 얘기하던 중,

　　　　　　　　　　　　오두막과 소나무 한 그루

사장님과 청바지 입으신 분이 문을 열고 들어오신다.

회장님은 바쁘신가? 청바지 입으신 분이 가까이 다가와 마스크를 벗으니 바로 회장님이시다. "젊은인 줄 알았어요.", "그래요? 전 청바지를 즐겨 입습니다." 수줍어하시는 모습이 너무 순수하시다. 항상 진지하시고 배려심이 많으셔서 조심스러웠는데, 칠십 가까운 연세에도 여전히 해맑으시니 참 부럽다.

자리를 잡고 식사를 주문하고 나자 자연스레 CM으로 화제가 옮겨갔다. 요즘 아파트 건설공사 발주가 많아 간만에 CM이 호황이라니 분위기는 한층 화기애애하다. 회장님께선 여전히 조심스럽다. 호황 다음 불황을 염두에 두시는 듯싶다. 역시 최고경영자는 다르군. 건설위험관리(Construction Risk Management)를 본능적으로 몸소 실천하고 계신다.

그런데 사장님께서 대뜸 "요즘 공정관리 하는 사람 찾기 힘들어요."라며 심각한 표정을 지으신다. 요지는 CM용역에 공정관리 기술자를 투입해야 하는데 마땅한 사람이 없다는 것이다. "그런가요?" 고개를 갸우뚱하며 "공정관리 기술자들 많을 텐데요." 의아해했더니, "아니에요. 찾을 수가 없어요." 손사래 쳤다.

그 많던 공정관리 전문가들은 다들 어디로 갔단 말인가? 삼사십 년 전 중동에서 미국이나 유럽 CM회사와 함께 일하며 공정관리 실무부터 배우셨던 그 많던 공정관리 전문인력들이 모두 은퇴하신 건가? 그럴 수도 있겠다. 그런데 10여 년 전만 해도 공정관리 모임을 열면 수십 명이 참석했고, 나름대로 공정관리 전문성과 실무 능력을 뽐내기도 했다. 그런데 그런 분들은 도대체 어디에 계신단 말인가? 나보다 연배가 아래이니 아직 실무에 있을 텐데, 스스로를 드러내지 않고 은둔하는 이유는 뭐지?

하기사 어느 CM교수님께서 "이제 더 이상 공정관리 가르치지 않습니다."라며 폭탄선언을 하시기에 얼이 나간 적도 있다. 대학에서 공정관리를 가르쳐도 실무에서 제대로 활용하지 않으니 힘이 빠진다는 한탄에 동병상련(同病相憐)이었다. 정말 큰일이다. 말로만 공정관리가 중요하다고 떠들어댈 뿐, 돌아서면 대충 그려놓은 공정표를 벽에 붙여놓고 여전히 큰 목소리로 쪼아대고 닦달하는 구습을 반복하고 있는 것인가?

공정관리를 제대로 해야 하는 이유는 매우 단순하고 명쾌하다. 공정관리가 건설사업을 체계적으로 이끌어 가는 기관차(Locomotive)이기 때문이다. 공정관리는 개인의 능력에 과도하게 의존하다 발생하는 위험을 시스템과 데이터베이스로 헷지(Hedge)하는 수단이기도 하다. 국내 건설현장은 여전히 절차나 시스템보다 개인의 능력에 과하게 의존한다. 그리고 경험과 지식은 여전히 개인 소유다. 발전이 더딜 수밖에 없다.

최근 어느 대규모 초고층 아파트 현장에서 비라이너 공정표가 가장 적합할 것 같다는 의견과 함께 공정표 작성 문의가 들어왔다. 회사에서 몇 차례 초고층 아파트 건설공사를 시행했는데 그때마다 실패했다는 것이다. 이번 프로젝트에서는 그런 실수를 사전에 예방하고 싶단다. 그런데 공정표 작성 비용은 터무니없다. 제대로 작성된 CPM공정표와 체계적인 공정관리의 중요성과 가치를 여전히 저평가하는 것이다.

체계적으로 공정관리할 경우 수십억, 아니 수백억의 손실을 예방하고 이득마저 챙길 수 있는데도 말이다. 물론 공정관리 효과를 돈으로 정확하게 환산하긴 쉽지 않다. 그러나 공정관리 효과는 수많은 실제 사례에서 명확하게 입증되었다.

아마 이대로 간다면, 얼마 가지 않아 공정관리는 실체 없는 허상으로 전락할지 모른다. 공정관리를 메인기능이 아닌 참조

기능으로 치부하는 한, 공정관리 전문가가 되겠다며 선뜻 나서는 젊은이는 더욱 줄어들 것이다. 설마 그렇게까지 가겠는가 하는 의구심이 들다가도 현장의 목소리를 들어보면 빈말은 아닌 듯싶다.

"사장님, 제가 찾아볼게요. 정 안 되면 제 제자라도 소개시켜드리겠습니다." 분위기가 갑자기 싸해진다. 공정관리가 침몰하고 있다.

2021. 8. 30.

오두막과 소나무 한 그루

공기지연 분쟁,
더 이상 남의 얘기가 아니다

　요즘 둔촌 주공 재건축 아파트 분쟁이 점입가경이다. 7월 3일 KBS 시사다큐멘터리에서 분쟁의 마지막 걸림돌이 9개월 공기연장이라는 나레이션이 들려왔다. 거기도 결국 공기지연 분쟁으로 귀착되나?

　계약 전에 온갖 달콤한 사탕발림으로 읍소하던 을인 건설사 컨소시엄이 이제 9개월 공기연장과 그에 따른 비용보상을 요구하고 있단다. 을의 요구를 받아주지 않으면 공사재개는 불가능하고, 공사중지기간에 대한 보상도 하라며 으름장이다. 그런데 9개월 공기연장하면 갑이었던 조합원 5,000명의 피해는 어쩌란 말인가? 딱하기 그지없다. 이렇게까지 막가야 하나?

우리나라 전체 산업의 기술력과 의식이 선진국 수준에 올라서고 있다. 이에 건설산업의 관행도 선진국 수준으로의 변화 압박을 강하게 받고 있다. 그중 대표적인 것이 바로 공기지연 분쟁이다.

얼마 전까지만 해도 갑에게 을이 직접적으로 법적 대응하긴 쉽지 않았다. 갑의 우월한 지위가 을의 소송의지를 압도했기 때문이다. 그런데 그런 갑을관계는 더 이상 용납되지 않는 분위기다. 이제 갑에게 불이익을 당했거나 억울한 일을 당한 을은 가만히 있지 않는다. 아니 갑을관계가 뒤바뀌는 현상도 다반사로 벌어진다. 사회의 모든 계약관계가 평등관계로 변하고 있는 중이다. 선진국으로 향하는 당연한 수순이다.

건설산업도 이러한 추세와 동조화되고 있다. 법적 소송의 거의 절반이 건설 분쟁이고 그중 공기지연과 관련된 분쟁 비율은 매우 높다. 2021년 건설중재 판정 사례집을 살펴보면, 계약해제 및 해지, 공사잔금, 추가공사비(공기연장), 추가공사비(계약 변경), 손해배상, 지체상금이 건설 분쟁의 큰 카테고리들인데 이 중 추가공사비(공기연장), 지체상금이 공기지연 분쟁과 관련된 직접적인 항목들이다.

오두막과 소나무 한 그루

그러나 그 외 항목들 중 상당수도 공기지연 분쟁의 직·간접적인 영향권 하에 있다. 따라서 건설 분쟁의 많은 사례들이 공기지연과 관련되어 있다 해도 과언이 아니다.

그런데 이러한 공기지연 분쟁에 대비하는 국내 발주자와 건설사, 계약 당사자들의 준비 상태는 여전히 개발도상국 수준에 머물고 있다. 제대로 문서화된 증거자료를 기록하고 축적하는 일에 여전히 소홀한 것이다.

최근 7~8년 동안 필자는 다수의 공기 분쟁 관련 소송에서 발주자와 건설사 측을 자문해왔다. 그중 계약 당시 CPM(Critical Path Method)공정표를 작성한 경우는 단 한 차례에 불과했다. 그 나머지는 엑셀로 그린 공정표가 전부였다.

CPM공정표가 존재하는 경우, 실적관리를 했든 하지 않았든 공기지연 분석을 제대로 실행할 수 있었고, 논리적이며 체계적으로 소송을 유리하게 이끌어갈 수 있었다. 그러나 CPM공정표가 존재하지 않으면 작업일보나 기타 공문서에 적힌 내용을 기준으로 공방을 벌여야 하니, 소송을 유리하게 이끌기보다 재판부의 선처에 호소할 수밖에 없었고, 결과도 그리 좋지 않았다.

모든 공기지연 법적 분쟁에서 가장 중요한 근거자료는 제대로 작성된 CPM공정표가 있는지 여부이다. CPM공정표가 존재한다면 법적 소송까지 가지 않고 합의되는 경우가 많다. 만에 하나 법적 소송에 가더라도 공기지연 분쟁 준비가 수월하고, 승패 예측도 어느 정도 가능하다. 결과가 예상된다면 무리하지 않게 되는 것은 당연하다.

그런데도 우리나라 건설업계는 여전히 CPM공정표 작성에 적극적이지 않다. 그 이유에 대해 다들 대충 짐작하고 있을 것이다. 첫째, CPM공정표 작성에 익숙하지 않다 보니 복잡해 보이고 귀찮은 것이다. 둘째, 공정관리 프로그램 다루기가 너무 어렵고 이해하기 쉽지 않다. 셋째, 제대로 된 CPM공정관리를 하면 오히려 손해 보지 않을까 하는 염려이다.

건설산업에는 원래 '유도리'가 많다. 그런데 유도리는 개발도상국 사고방식이다. 시스템과 절차가 제대로 갖추어진, 선진화된 사회에서 유도리는 용납되기 쉽지 않다. 우리 건설도 개발도상국 사고방식에서 어서 벗어나, 투명하고 체계화된 선진적 시스템과 절차에 익숙해져야 한다.

이제 우리나라는 어엿한 선진국이다. 건설산업도 당연히 선진국 수준으로 올라서야 한다. 그러려면 건설산업 전체가 선진국 수준의 관행을 만들어가며 거기에 익숙해져야 한다.

그 시작이 바로 제대로 된 CPM공정관리를 수행하는 것이다. CPM공정관리가 건설과정의 시스템과 절차의 중심이기 때문이다. 둔촌 주공 재개발 아파트 사태의 마지막 걸림돌이 공기연장이라는 나레이션이 여전히 귓가를 맴돌고 있다. 안타깝고 죄송하다. 공기지연 분쟁, 더 이상 남의 얘기가 아니다.

2022. 7. 4.